수락산 저녁노을

수락산 저녁노을

발행일	2021년 6월 29일

지은이	황천우		
펴낸이	손형국		
펴낸곳	(주)북랩		
편집인	선일영	편집	정두철, 윤성아, 배진용, 김현아, 박준
디자인	이현수, 한수희, 김윤주, 허지혜, 최성경	제작	박기성, 황동현, 구성우, 권태련
마케팅	김회란, 박진관		

출판등록 2004. 12. 1(제2012-000051호)
주소   서울특별시 금천구 가산디지털 1로 168, 우림라이온스밸리 B동 B113~114호, C동 B101호
홈페이지   www.book.co.kr
전화번호   (02)2026-5777   팩스   (02)2026-5747

ISBN   979-11-6539-844-6 03810 (종이책)   979-11-6539-845-3 05810 (전자책)

(주)북랩 성공출판의 파트너

북랩 홈페이지와 패밀리 사이트에서 다양한 출판 솔루션을 만나 보세요!

홈페이지 book.co.kr   •   **블로그** blog.naver.com/essaybook   •   **출판문의** book@book.co.kr

작가 연락처 문의 ▸ ask.book.co.kr

작가 연락처는 개인정보이므로 북랩에서 알려드릴 수 없습니다.

황천우 장편소설

수락산 저녁노을

世祖

북랩 **book** Lab

정당판에서 한창 승승장구할 무렵 갈림길에 들어섰다. 의리를 지키느냐 아니면 속된 표현으로 안면몰수하고 현실을 고수하느냐는 선택의 기로에 섰었다. 순간 조금도 망설이지 않고 의리를 선택했다.

그 후 의리의 의미를 되새겨보았다. 결국 패거리 문화에 함몰되었던 나 자신의 처절한 무능의 소산임을 깨닫고 생각을 달리하였다. 의리에 얽매이는 종속적 존재를 벗어나 자유인으로 내가 주도적으로 나서야 한다는 발상이었다.

이를 확고히 다지기 위해 40대 초반에 정당판을 떠나 다시 대학에 입학하고 조용하게 변신을 시도해나가는 중 주변에서 청천벽력 같은 일이 발생했다. 우리 사회 실정으로 살필 때 정치판에 얼씬도 못할 정도의 메가톤급 폭탄이 터져버렸다.

그 일로 한동안 좌절과 방황의 늪에서 헤어나지 못했다. 그리고 나이 60이 넘은 지금, 이제는 모든 욕심 내려놓은 입장에서 과연 인간에게 운명이 우연 혹은 필연인지 되새겨보고자 하는 생각 일어났다.

하여 우리 역사에서 한 인물을 선정하여 운명이 존재하는지, 존재한다면 그 운명을 거스를 수 없는지 소설로 구성해보기로 했다. 그를 위해 왕, 왕세자, 왕세손의 3중 철벽을 깨고 보위에 오른 수양대군을 소재로 글을 풀어나갔다.

그 과정에 흥미로운 사실 발견하게 된다. 애초에 그에게 덧씌워졌던 운명, 올가미는 그저 소소한 걸림돌에 지나지 않았고 결국 그의 운명은 자신을 에워싸고 있는 올가미를 헤쳐나가는 게라고.

거기에 더하여 수양대군과 정반대 상황에 처했었던 김시습을 간간이 삽입해보았다. 일찌감치 세종으로부터 출세를 보장받았던 김시습은 계유정난으로 유교의 교리가 처참하게 유린되는 장면을 목격하며 스스로 머리 깎고 중으로 변신하며 깨달음을 갈구했다. 그리고 그는 역사에 문학가요, 사상가로 확고하게 자리매김하고 있다.

각설하고, 우리 헌법은 명백하게 연좌제를 금하고 있다. 그럼에도 불구하고 자신이 범하지 않은 사건으로 인해 자신의 꿈을 접지 않을 수 없는 경우가 부지기수다. 그러나 그 일이 자신에게 닥친 또 다른 기회가 될 수도 있다.

모쪼록 이 글이 운명을 탓하기 앞서 인간에게 가치 있는 삶이 무엇인지 생각해보는 계기가 되기를 바라며 감히 공표한다.

2021년 여름날 황천우

헌법 제13조 3항

"여보, 힘들어?"

산 초입에 설치된 색 바랜 나무 계단을 앞서 오르던 아내가 잠시 멈추어 서며 길게 숨을 내쉬자 손을 아내의 허리에 밀착시키고 가볍게 밀어주었다.

"오랜만에 오르려니 조금 힘들어."

고개 돌려 바라보는 아내의 얼굴이 발갛게 물들어 있었다. 그 모습 잠시 바라보다 아내보다 반 걸음 앞서 나가며 손을 잡았다.

"무리하지 말고 천천히, 반보씩 움직여봐. 그러면 오르막길이 평지처럼 느껴질 거야."

문득 지난 시절이 떠올랐다. 유독 산을 좋아했기에 틈만 나면 산을 찾았었다. 젊은 시절 산을 찾을라치면 시선은 항상 앞으로 향했고, 앞서가는 사람들의 꼴을 보지 못했다. 누군가 앞에 가는 사람이 눈에 띄면 걸음의 속도를 더해, 차라리 뛴다는 표현이 적합할 정도로 빠르게 움직여 앞서 가는 사람을 제치고는 했다.

그러던 산행 습관이 나이 들어가며 서서히 변하기 시작했다. 시선을 앞이 아닌 위와 아래 특히 아래에 두기 시작했다. 그런 데에는 그럴만한 이유가 있었다. 언제인가 우연히 시선을 아래로 주고 걷던 중 땅에서 바삐 움직이는 개미 집단을 발견했다.

그 순간 아차 하는 생각이 머리를 휘감았다. 앞만 바라보며 걷는 습관으로 인해 애꿎은 수많은 개미들 그리고 산에서 생활하는 다른 생명체들이 나의 건방진 이기로 인해 운명을 달리하지 않았겠느냐는 일련의 자책이었다. 이후로는 앞만 바라보며 걷던 습관을 버리고 주로 아래를 바라보고 또 천천히 걷기 시작했다.

"좀 어때?"

"당신 말대로 반보씩 움직이니까 한결 수월하네."

답하는 아내의 얼굴에 잔잔하게 미소가 번지고 있었다. 그를 바라보며 잡고 있는 아내의 손을 천천히 당겨주었다.

"당신 이 산 주인이 누구인지 알아?"

"그건 갑자기 왜?"

"이 산 주인이 바로 나란 사실을 주지시켜 주려 그러지."

아내가 잠시 걸음을 멈추고 나를 빤히 바라보며 미소지었다.

"그럴 수도 있겠네."

아내와 결혼하고 수락산 초입에 신접을 차렸었다. 이후 직장 문제로 잠시 수락산을 떠났다 50대 초반에 다시 이곳에 찾아들어 지금까지 하루도 거르지 않고 수락산을 찾고 있으니 아내가 생각해도 정말 그럴 수도 있는 일이었다.

"사실 이 산 주인은 김시습이야. 그분이 삶의 전성기를 이곳에서 보냈거든. 그리고 그분으로 인해 수락산이 우리 역사 전면에 드러나기 시작했지."

"그건 나도 알고 있는 사실인데, 그런데 그분은 왜 북한산이나 도봉산을 제쳐두고 이 산에 머물렀는지 알고 싶어."

"아마도 산의 외형이 아닌 내면을 살핀 모양이지. 그런데 당신도 북한산이라 지칭하네."

"물론 전에 삼각산으로 불렸던 사실은 알고 있어."

"그러면 삼각산이란 이름이 왜 북한산으로 둔갑되었는지는 알고 있나."

아내가 대답하지 않고 그저 바라보기만 했다.

"길게 설명하지 않을게. 원래 명칭은 삼각산이었는데 일제 시절 일본 사람들이 산 이름을 북한산으로 명명한 게야. 그리고 1980년대 초반 국립공원으로 지정하면서 북한산으로 확고하게 못박아버렸지."

"일본 사람들로 인해 지명이 바뀐 곳이 상당히 많다고 들었는데 북한산도 그런 경우네."

"현재 지명에 분리 개념 즉 '남'과 '북' 혹은 '상'과 '하'로 시작되는 지명을 지니고 있는 경우 한 번쯤 의심해 봐도 좋을 정도지."

"여하튼 산의 내면이라니?"

아내가 잠시 생각에 잠겨 들었다 말을 이었다.

"당신도 잘 알다시피 삼각산이나 도봉산은 외견상으로는 웅장해 보이지만 그 속살은 수락산만 못하거든. 그래서 내면을 중시여긴 그분이 일부러 이 산을 택했다고 보아야지."

"하긴, 내 생각도 그래. 수락산을 오르면 이상하게도 마음이 차분해지고는 해."

"혹시 그분도 당신처럼 마음의 평화를 구하기 위해 이곳에 머물렀던 건 아닐까."

"그건 알 수 없고. 어떻게 살피면 그분도 참 안되었다는 생각이 들어. 어린 나이에 세종에게 출세를 보장받을 정도로 출중했는데 세속의 영화를 저버리고 깨달음의 세계를 갈구하였으니. 그런데 당신은 왜 그분이 그런 선택했는지 알아?"

대학 시절 국사학을 전공한 아내가 약간 힘을 주어 말을 이었다.

"결국 부조리한 세상의 이치를 깨달은 때문 아닌가 싶네. 속세를 떠나기 전 그가 속했던 세상은 유교가 지배하고 있었는데 계유정란으로 인해 유교의 교리가 정면으로 위배되는 상황을 견디지 못해 그런 선택했다고 보아야지."

"하기야 계유정난이 그의 시각으로는 견뎌내기 힘들었겠지."

아내가 말을 잇고 시선을 수락산 정상 방향으로 주었다.

"그런데 그 분도 그렇지만 수양대군 즉 세조도 보통 인물은 아닌 듯 보여."

"어떤 측면에서?"

"당신 그거 알아? 아니 국사학을 전공했으니 당연히 알리라 생각하는데, 조선조 왕들 중에서 보위에 오른 이후 단 한 명의 후궁도 들이지 않은 인물이 바로 세조란 사실."

"그 이야기는 금시초문인데. 내가 알기로는 박팽년의 여동생인 근빈 박씨가 존재했던 걸로 알고 있는데."

"그 여인이 박팽년의 실제 여동생인지는 몰라도, 그녀는 보위에 오르기 전에 취했던 여인이고 보위에 있는 동안에는 단 한 명의 후궁도 들이지 않았어."

"참으로 아이러니하네. 오히려 이상한 현상으로 여겨지는데."

"그러게 말이야. 모든 조선의 왕들이 경쟁하듯 후궁을 두어 자신의 씨를 뿌리려고 질주했었던 반면 세조는 역으로 단 한 명의 후궁도 두지 않았으니."

"그렇다면 세조는 그 부인인 정희왕후만 오로지했다는 이야기인데. 여자인 내 입장에서 살펴보아도 이해하기 힘들어."

"혹시 한눈팔면 정희왕후에게 치도곤 당할까 두려워서 혹은 후궁을 취하면 정희왕후가 그녀를 죽이고 그래서 그런 게 아닐까."

익살스런 표정으로 말을 잇자 아내가 이내 농담임을 알아차리고 정색했다.

"아내인 정희왕후를 그만큼 사랑했던 게 아닐까 싶어. 그렇지 않으면 당시 제도에 비추어볼 때 전혀 납득할 수 없거든."

"세조의 진정이 배어있기에 가능했던 일인데. 혹시 우리가 알지 못하는 사실이 숨겨져 있는 건 아닐까."

"어떤 사실?"

"세조 사후 즉 성종 시절 정희왕후가 권력의 최정점에 있던 시절에 만들어진 실록에 그러한 사실을 기록하지 못하도록 했을 수도 있다는 생각 일어나네."

"아무려면 그랬을라고. 그런 경우라면 근빈 박씨도 지웠어야 옳지. 그런데 당신이 수양대군 이야기를 꺼낸 저의가 의심스러운데."

"저의라니. 그저 김시습을 생각하며 수양대군을 떠올려 본 거야. 어떻게 생각하면 흥미롭지 않아? 한 사람은 계유정난으로 권력을 장악했고 또 다른 한 사람은 그로 인해 세속의 영화를 저버린 상황이."

"당신 말 듣고 보니 두 사람이 별개가 아닌 듯 보여. 한 사건으로 인해 두 사람의 운명이 바뀌었으니."

"사건과 운명이라."

짤막하게 되뇌자 아내의 얼굴 위로 근심이 어리기 시작했다.

"당신 혹시 그 사건 염두에 두고 있는 거 아니야?"

"그 이야기는 말고. 당신은 인간에게 운명이 있다고 믿어?"

"전적으로는 아니지만 어느 정도는 인간에게 운명이 따라붙지 않느냐는 생각하고는 해."

"그러면 당신과 내 경우도 정해진 운명의 수순일까?"

"그런 이유로 운명을 전적으로 배제하지 못한다고 해도."

아내가 말을 마치고 손에 잡혀 있는 손을 빼서 슬그머니 팔짱을 껴왔다. 천천히 주위를 둘러보았다. 아내와 대화를 주고받는 사이 어느덧 오르막길을 마무리하고 평탄한 능선으로 접어들었다.

"나도 그런 생각하고는 하는데. 우리는 물론 당신 때문이지."

"혹시 수양대군과 정희왕후도 우리와 같은 경우 아닐까 싶네."

가만히 아내를 바라보며 미소 지었다.

"왜 그래?"

"갑자기 신혼 초 당신이 했던 말이 생각나서 그래. 남자는 집에 들어오면 내 남편이고 밖에서 돌 때는 남이라고. 또 여하한 경우라도 나는 다른 여자들에게 정을 주지 않을 사람이라고 했던 말 말이야."

"그 말 내가 한 게 아니라 엄마가 생전에 당신을 관찰하고 내게 해주었던 이야기야."

"그래서 당신은 그 말을 철석같이 믿었고."

"엄마 말인데 당연히 믿어야 하는 거 아니야."

"장모께서 사람 보는 눈은 정확하셨네."

은근히 밭은기침을 내뱉었다.

"그건 그렇고, 그런데 당신 왜 수양대군 이야기 꺼낸 거야."

즉답 대신 가늘게 한숨을 내쉬며 수락산 정상을 바라보았다. 엄밀하게 언급하면 정상이 아닌 정상 방향이었다. 수락산 정상은 이상하게도 노원 지역에서는 보이지 않았다. 그런데 사실 이상할 것도 없다. 정상 즉 김시습이 자호한 동봉은 그 앞에 자리한 중봉에 가려져 있기 때문이다.

"다른 이들은 계유정난을 부정적으로 바라보는데 나는 그를 긍정적으로 바라보거든."

"무슨 근거로?"

"결과적으로 바라볼 때 그 사건으로 조선이란 사회가 한 단계 업그레이드 되었다는 긍정적인 측면도 있지만 수양대군이 자신에게 주어진 천형 즉 운명을 뛰어넘은 게 아닌가 하는 생각 때문이야."

아내가 가볍게 한숨을 내쉬었다.

"결국 당신은 그 사건에서 벗어날 수 있는 방법을 모색하고 있다는 이야기로 들리는데."

아내가 긴장했는지 팔짱 낀 팔에 힘을 주었다.

"당신, 우리 헌법 제13조 3항 알아?"

"뭔데?"

반문하는 아내의 목소리가 조금은 떨리고 있었다.

"연좌제를 금지한다는 규정이야."

"연좌제 폐지된 지 오래…."

아내가 말하다 말고 똑바로 주시하며 말을 이었다.

"여보, 전에 이야기했잖아. 그 사건 더 이상 염두에 두지 말라고. 어떻게 살피면 당신이 가장 큰 피해자인데. 당신은 말하지 않았지만 나는 알고 있었어. 당신이 정치판으로 돌아가기를 갈망한다는 사실을."

"그런데 그게 그리 간단하지 않아."

"내가 괜찮다고 하는데 무슨 문제야?"

"그건 당신 생각이고."

"그러면?"

"내가 정치판으로 돌아간다면 선거에 참여해야 하는데, 그런 경우 그 일 반드시 드러나게 되어 있어."

"그거야 당연하잖아. 없는 일도 만들어 내는 게 정치판 특히 선거판인데."

한동안 정치판에 머물렀던 남편 때문에 나름 시사에 관심을 기울었던 아내의 답변에 가볍게 한숨을 내쉬었다.

"당신이야 괜찮다고 하지만 그런 경우 사건이 다시 불거지면서 그 일을 알지 못하고 있던 사람들이 나로 인해 그 사실을 알게 되지."

아내가 미처 그 부분까지는 생각하지 않았는지 가볍게 한숨을 내쉬었다.

"그런데 여보. 내가 왜 오래전에 떠난 정치판에 미련 버리지 못하는지 알아?"

"아니지, 당신을 그 판을 떠났던 게 아니라, 다시 돌아가기 위해 아니, 화려한 부활을 위해 내공을 다지려했던 거지."

아내가 언급한 화려한 부활을 되뇌며 가볍게 미소지었다. 아내의 말마따나 기껏해야 거수기 즉 똘마니 정도에 머물 수밖에 없는 당시 실정에서 벗어나 당당하게 우뚝 설 수 있는 존재로 거듭나기 위해 잠시 그 판을 떠났다는 표현이 옳았다.

그런데 참으로 희한한 현상이 발생했다. 그 판을 떠나 그 판을 바라보니 그렇게 웃길 수 없었다. 한 걸음 더 나아가 하찮게 보이기 시작했다. 물론 그 판에 머물렀던 나 자신이 얼마나 하찮았던 존재였는지 발견하면서부터였다.

그를 발견하자 그 판에서 멀어지기 시작했다. 그리고 모든 욕심에서 벗어나 육체노동에 종사하기 시작하자 다시 새로운 생각, 정치판으로 돌아가 나를 버리자는, 우리 아이들이 살아가는 세상은 공정해야 한다는 생각으로 혁명을 꿈꾸기 시작했다.

"여보!"

아내가 은근한 표정을 지으며 바짝 밀착했다. 아내의 얼굴을 바라보다 앞을 바라보자 아내와의 산책의 반환점이 시선에 들어왔다. 그곳은 채 위로 뻗지 못한 나무줄기가 의자로 활용하기에 알맞을 만큼 짧게 옆으로 누워 있었다.

"왜?"

"갑자기 흥미로운 생각이 일어났어."

"무슨?"

"조선 역사를 살피면 태종 이방원의 경우도 태종이란 시호보다 이름인 이방원이 세간에 널리 알려졌고 수양대군 역시 세조란 시호보다 수양이란 군호가 우리들에게 친숙하게 들리잖아. 그래서 그 이유가 뭘까 하는 생각 말이야."

아내의 얼굴을 찬찬히 바라보며 조선조 왕들의 이름을 헤아려보았다. 시조인 이성계 그리고 그의 아들인 이방원. 그리고는 다른 왕들의 이름은 명확하게 그려낼 수 없었다. 이번에는 군호를 헤아려 보았다. 기껏해야 연산군을 몰아내고 보위에 오른 진성대군(중종)만 떠올랐다.

"당신 말 듣고 곰곰이 살펴보니 그러네. 그런데 그들에게는 흥미로운 공통점이 살펴지는데, 뭔지 알아?"

"두 사람 모두 정상적이지 못한 즉 반란으로 권력을 잡았다는 사실 아니야?"

"정상적이지 못한 반란의 형식이라."

"자신의 운명을 뛰어넘은."

"아니지, 감추어진 자신의 운명을 찾았다고 보아야 하지 않을까?"

경계

"대군과 대부인은 부왕이 세자를 통해 섭정하는 일을 어떻게 생각하시나?"

자리에 누워 거친 숨을 몰아쉬며 힘들게 지난날의 소소한 일상을 토로하던 어머니, 소헌왕후가 온 몸에 기력을 모아 말문을 열자 수양대군과 그의 아내 낙랑부대부인이 서로의 얼굴을 바라보며 바짝 긴장했다.

"네 아버지가 왜 세자를 전면에 내세웠는지 그 이유를 아느냐?"

이른바 세종의 세자를 통한 섭정에 관한 일이었다. 세종은 1442년 조정 대신들의 반대에도 불구하고 첨사원을 설치하여 수양의 형으로 세자인 문종으로 하여금 자신을 대신하여 조선을 경영하도록 했다.

"어머니, 갑자기 무슨 말씀이세요?"

수양에 앞서 대부인이 정색하고 입을 열었다. 왕후가 두 사람을 번갈아 바라보다 가볍게 한숨을 내쉬고 대부인에게 손을 뻗었다. 대부인이 마치 기다리고 있었다는 듯 그 손을 잡고 가볍게 쓸었다.

"이제 기구한 목숨 얼마 남지 않은 모양인데 내 모든 이야기를 대군 그리고 며느리에게 전해주어야 할 듯해서 그래."

"얼마 남지 않았다니요, 아직도 한창이신데. 그리고 아버지께서 섭정하시는 일이 건강 때문에 그런 게 아니란 말씀인가요?"

잠자코 침묵을 지키고 있던 수양이 대화에 끼어들며 어머니와 대부인의 얼굴을 번갈아 바라보았다.

"아가야, 나 좀 일으켜 세워주련."

왕후가 마치 그 말을 기다리고 있었다는 듯 대부인에게 잡힌 손에 힘을 주었다. 그러자 대부인이 조심스럽게 다른 한 손을 왕후의 등으로 가져가 상반신을 천천히 일으켜 세웠다. 왕후의 몸이 자연스럽게 대부인의 품으로 안겼다.

"건강은 그저 구실일 뿐이야."

며느리의 품에서 잠시 몸을 움직여 자세를 바로 한 왕후가 굳은 표정으로 입을 열었다.

"그러면 다른 이유라도 있는가요?"

"아무렴. 일종의 경계야, 경계."

"누구를 향해."

"바로 대군을 경계하고자 함이야."

"어머니!"

수양이 차마 들어서는 안 될 말을 들었다는 듯이 바짝 긴장하며 주위를 둘러보았다. 혹시 다른 누군가가 들었다면 곤란한 지경으로 몰릴 수도 있는 사안이었다. 그러나 다행히도 왕후의 침전에는 세 사람뿐이었다. 왕후가 수양 내외를 부르기 전에 막내 아들인 영응대군에게 별궁 가까이에 아무도 접근하지 말라 엄히 명을 내린 터였다.

"지금부터 내 얘기 잘 듣도록 하시게. 특히 며늘 아기도."

수양이 본능적으로 몸을 일으켰다. 밤말은 쥐가 듣고 낮말은 새가 듣는다는 말이 있듯 혹시라도 모를 일이었다. 수양이 문 가까이로 다가가 천천히 문을 열어젖히고 밖을 살펴보았다. 어머니 말대로 막냇동생인 영응대군이 별궁 내에 기거하는 모든 사람들을 물린 듯 전혀 인기척을 느낄 수 없었다. 가볍게 한숨을 내쉬고 아랫배에 힘을 주고 다시 자리로 돌아왔다.

"두 사람은 이 어미가 겪은 비극을 알고 있으신가."

"후일 전해지는 말로만 들었을 뿐 상세한 내용은 알지 못합니다."

"하기야 대군이 태어난 바로 이듬해에 발생했었으니 상세하게 알 수 없겠지."

이른바 1418년에 왕후의 아버지인 심온이 연루된 대역 사건이었다. 당시 상왕으로 물러난 태종 이방원이 병권을 놓지 않자 작은아버지인 심정이 병조판서인 박습과 함께 그를 비난한 일이 화근이 되어 발생했다.

당시 영의정으로 세종의 고명 사은사로 명나라를 다녀오던 심온은 영문도 모른 채 귀국하던 중 압록강 변에서 왕후가 보낸 시녀로부터 입국하지 말라는 부탁을 전해 듣지만 딸인 왕후를 위해 귀국하였고, 결국 그 사건에 연루되었다는 이유로 압슬형의 모진 고문 끝에 사사된 사건이었다.

"당시 네 외할아버지는 대역죄에 연루되었다는 이유로 사사된 게 아니야."

"그러면…"

"이 어미를 살리기 위해 거짓 자백하셨어."

"그게 무슨 말씀이신지요?"

"네 할아버지인 태종 대왕에게는 희생양이 필요했었어."

마치 금시초문이란 듯 두 사람이 서로의 얼굴을 주시했다.

"네 아버지를 위해, 다시 말해서 네 아버지의 권위를 확고하게 하기 위해 가장 파급효과가 큰 내 아버지를 선택하신 거야."

"아무리 권위도 중요하지만 어떻게 대군의 외할아버지를 희생양으로 삼으실 수 있나요?"

"며늘 아가, 그게 권력이야. 권력을 유지하기 위해서는 형제자매는 물론 그 누구도 예외될 수 없단다. 하물며 사돈 정도라면 더 이상 언급이 필요 없지."

"어머니, 그건 차라리 할아버지의 성정 탓으로 돌리는 게 옳지 않습니까?"

"물론 네 할아버지의 성정 탓도 있지만 그를 실현할 수 있는 동력은 바로 권력이야."

"권력이라."

수양이 가볍게 되뇌자 왕후가 가볍게 밭은기침했다.

"어머니, 자리에 눕혀드릴까요."

"아니야, 본 이야기는 시작도 하지 않았는데 그럴 수는 없지."

본 이야기란 소리에 두 사람이 다시 긴장하기 시작했다.

"그 사건 이후 이 어미에 대해 조정에서 말들이 많았단다. 대역죄에 연루된 아버지의 딸인 나를 폐위시켜 사가로 내보내야 한다고."

"그런데요?"

"우습게도 바로 태종 대왕께서 완고하게 반대하셨어."

"할아버지께서, 무슨 이유로요."

"바로…."

왕후가 말을 잠시 멈추고 수양을 주시했다.

"하오면?"

"그래, 바로 대군 때문이야."

"어머니, 당시 대군은 아기였지 않습니까. 그런데 대군 때문이라니요."

"네 할아버지께서는 대군이 자신의 판박이로 이 조선이 확고한 발판을 다질 수 있도록 만들 적임자라 즉 후일 대군이 보위에 올라야 한다 판단하신거야."

"어머니!"

수양이 외마디 소리를 질러놓고 아차 했다 싶은지 본능적으로 주위를 둘러보았다. 이 일이 행여나 밖으로 새어 나간다면 자신은 물론이고 세 사람 모두 무사하지 못할 터였다.

"그 일이 어머니의 폐위 문제와 무슨 연관이 있는지요?"

아직도 상기되어 있는 대군과는 달리 대부인이 침착하게 말을 이었다.

"네 시할아버지는 네 시아주버니 즉 세자에 대해서 그다지 애착을 느끼지 못했어. 이제 문을 연 지 얼마 되지 않은 조선의 사직이 오래 지속되기 위해서는 자신과 닮은 사람이 네 시아버지의 뒤를 이어야 한다는 논리였어."

"결국 태종 대왕의 의중은 강온 그리고 강온을 거쳐야 이 조선의 사직이 확고해진다고 판단하신 거네요."

"바로 말하였네. 태종 대왕이 네 시아버지를 위해 내 친정아버지를 희생양으로 삼았듯이 네 시아버지 뒤를 이을 사람은 그런 사람이어야 한다는 이야기였어. 그런데 마침 내가 대군을 잉태하였으니 태종 대왕은 대군의 앞날을 위해 나를 폐위시키지 않았던 게야."

"어머니 말씀을 듣자면 시아버지께서도 그런 사실을 잘 아시고 계시다는 말씀으로 들리는데요. 그렇다면 태종 대왕의 말씀이라면 절대 거역하지 않는 시아버지께서 왜 그를 따르지 않으셨는지 궁금합니다."

수양이 아직도 충격에서 헤어 나오지 못했는지 그저 두 사람의 얼굴을 번갈아 주시하고 있었다.

"네 시아버지 역시 당연히 태종 대왕의 유지를 받들고자 했지. 그런데 명나라의 눈치를 보지 않을 수 없었지."

"명나라의 장자 계승 원칙 말인가요?"

"그런 경우라면 아버지도 장자가 아니지 않습니까?"

수양이 더 이상 듣고만 있을 수 없는지 대화에 참여했다.

"그러기에 더욱 장자 계승 원칙을 고수한 거야."

"그러면 된 거 아닙니까?"

"일이 그리 간단하지 않아. 그래서 네 아버지의 고민이 깊고."

"어머니, 기왕지사 이야기가 나온 만큼 속 시원하게 풀어주세요."

"이런 이야기해도 될는지 모르겠지만…"

왕후가 잠시 사이를 두고 무겁게 한숨을 내쉬고는 말을 이어가기 시작했다.

"세자의 건강 문제란다."

"형님 건강이 좋지 않다는 사실은 알만한 사람은 다 알고 있는 거 아닌가요."

"네 아버지도 네 형이 오래 살지 못할 것이라는 사실 역시 알고 있단다. 그래서."

"그래서요!"

"당연히 네 형의 후사에 대해 고민이 깊을 수밖에 없지."

"시아주버니에게는 아들이 있잖아요?"

"물론 홍위가 있지. 그런데 이제 겨우 다섯 살이지 않니."

순간 수양과 대부인이 다섯 살을 되뇌며 서로를 바라보았다.

"그렇다고 제 어미가 살아있는 것도 아니고."

홍위 즉 단종의 어머니인 현덕왕후는 단종을 출산하고 바로 사흘 뒤에 사망했다. 그녀가 사망하자 조정 일부에서는 쉬쉬하면서 불길한 징조라는 말들이 나돌았다. 제 어머니를 죽이고 태어난 아이라는 게 그 요체였다.

또한 세자가 조기에 사망할 경우 홍위는 그야말로 혈혈단신으로 남게 된다. 설령 홍위가 보위에 오른다한들 권력의 생리상 그 결과는 불을 보듯 빤했다.

"그럼 지금 아버지의 의중은…."

"물론 대군과 홍위 중 누굴 후임으로 세워야 할지에 대해 노심초사하고 있어."

갈등

"대군마님!"

수양이 낙랑부대부인과 자신의 사저로 모신 소헌왕후를 돌보는 중에 집사 임운의 다급한 목소리가 들려왔다.

"무슨 일이냐!"

임운의 다급한 목소리처럼 수양의 목소리 역시 긴장감이 스며있었다.

"전하께서 이곳으로 이어하고 계십니다!"

전하라는 소리에 수양과 대부인이 동시에 자리에서 일어났다. 곧바로 문가로 걸음을 옮기던 수양이 잠시 멈추어서 누워있는 어머니, 소헌왕후의 모습을 바라보았다. 어머니의 얼굴에서 잔잔한 미소가 흐르고 있었다.

"왜 그러세요, 대군."

"아버지께서 진즉에 오셨어야 할 일이지."

수양이 혼잣말처럼 되뇌고는 밖으로 나섰다. 대문가에 하얗게 핀 목련이 시선에 들어왔다. 잠시 햇빛을 듬뿍 받고 있는 목련의 화사함에 빠져들다 이내 대문을 나섰다. 저만치 앞에서 어가 행렬이 서서히 다가오고 있었다.

"대군, 나서시지요."

수양이 그곳에 멈추어 물끄러미 어가 행렬을 바라보자 대부인이 재촉했다. 그럼에도 불구하고 수양이 마치 목석이라도 된 듯 움직이지 않았다.

"왜 그러세요, 대군?"

"왠지 마음이 내키지 않는구려."

짤막하게 답하고는 그저 어가 행렬이 다가오는 모습을 주시했다. 그리고는 이어 고개를 돌려 자신의 집으로 돌아갔다. 대부인이 엉거주춤 수양의 곁에 함께 했다.

"대군, 속 시원히 말씀해주세요."

"아버지 처사가 못마땅해서 그렇소."

"그게 무슨 말씀이세요."

"아까도 이야기했지만 진즉에 오셨어야 할 일이었다 이 말이오."

소헌왕후의 병세가 악화되자 수양이 어머니를 자신의 집으로

모셔왔다. 물론 어머니의 마지막을 함께하겠다는 의도도 있었
지만 내심 아버지의 진정을 헤아려보고 싶어서였다.

수양은 아버지가 자주 찾아주기를 고대했었다. 아니, 고대가 아
니라 당연히 그리해야 한다 생각하고 있었다. 그런데 아버지는 지
난해 가을 잠시 다녀가고는 정사를 핑계로 차일피일 미루다 지금
에서야 모습을 드러내고 있으니 심사가 편할 턱이 없었다.

"그야 정사로 바쁘시…"

"바쁘기는 뭐가 바쁘다고. 그저 뒤에서 바라만 보는데."

수양이 대부인의 말을 중간에 자르고 다소 격앙된 표정을 지
었다.

"대군, 대군답지 않게 왜 그러세요?"

"나답지 않다니요?"

"항상 평상심을 유지하고는 했는데 유독 오늘따라 평상심을
잃어버린 듯하여 그렇습니다."

"내 오늘 아버지와 담판을 벌이리다."

잠시 사이를 두고 수양이 굳은 표정으로 말을 이었다.

"무슨 일로 담판을 지으시려는지요?"

"어머니 그리고 나와 관련한 모든 일들에 대해 아버지의 진정
을 들어야지요."

"오늘 당장은 그렇지 않습니까. 전하께서 오랜만에 어머니를

마주하시는데 두 분만의 시간을 드리는게 도리 아닌지요."

수양이 가만히 대부인의 얼굴을 주시했다.

"부인은 아버지를 어찌 생각하시오. 남들은 아버지를 가리켜 성군이라 일컫지만 내가 보기에는 선한 역할만 고수하는 위선자로 보인다오."

"대군!"

대부인이 작지만 단호하게 수양을 부르고는 주변을 살폈다. 저만치 대문가서 임운이 간절한 눈초리로 그들과 대문 밖을 번갈아 주시하고 있었다. 임운의 상태로 보아 어가 행렬이 거의 다다른 듯 여겨졌다.

잠시 한숨을 내쉰 수양이 천천히 대문으로 걸음을 옮겨갔다. 대문가에 이르자 마치 계획적이기라도 하듯 어가에서 내린 세종이 도승지를 선두로 하여 시종들의 안내를 받으며 대문으로 향하고 있었다. 세종과 수양 두 사람이 정확하게 대문에서 조우하는 형세를 이루었다. 수양이 가볍게 고개 숙였다.

"네 어머니는 어떠하냐?"

"어서 드시지요."

수양이 즉답 대신 본인이 직접 확인하라는 듯 말을 받았다. 그런 수양 그리고 다소곳하게 고개 숙인 대부인의 얼굴을 번갈아 주시하던 세종이 대부인의 안내로 왕후가 누워있는 방으로 이동했다.

누운 상태서 세종의 등장을 살피던 왕후가 자리에서 일어나려 몸을 움직이자 대부인이 급히 다가가 일으켜 세우려 했다.

"그냥 누워계시도록 하거라."

"아니다, 내 일어날 터이니 어서 일으켜다오."

잠시 멈칫했던 대부인이 어머니를 천천히 일으키자 수양의 머릿속으로 어머니의 고뇌가 스쳐지나갔다. 아울러 어머니는 삶의 여정의 끄트머리에서 당당하게 아버지를 대하려 한다는 생각이 머리를 휘감았다. 어머니께서 차분한 표정으로 아버지를 대하는 모습을 바라보던 수양이 자리를 물렸다.

밖으로 나선 수양이 대문가로 이동하여 목련을 바라보았다. 방금 전에는 자세히 볼 수 없었으나 목련 꽃이 완연한 봄기운에 밀려 서서히 생기를 잃어가고 있었다. 그 목련 꽃을 바라보자 갑자기 어머니 생각이 일어났다.

어머니의 삶이 시들어가는 목련 꽃과 같지 않은가 하는 아련함이었다. 어머니께서 몸져눕고 마지막을 함께하고자 자신의 집으로 모신 이후 죄스러운 마음에 어머니의 삶의 궤적을 살펴보았다.

어머니의 삶에서 만개한 목련 꽃의 모습은 찾아볼 수 없었다. 만개하지 못하고 시들어버린 목련 꽃, 그게 바로 어머니의 삶이었다. 그런데 그렇게 만들어버린 당사자가 공교롭게도 아버지 세종이었다.

임금의 자리에 오른 아버지는 어머니의 아버지 즉 외할아버지를 살릴 수 있었다. 아니, 당연히 살려내야했다. 자신을 위해 수고를 마다하지 않은 외할아버지가 단지 경계 차원의 희생양으로 전락하는 일을 막아야했다.

아버지께서 상왕으로 물러난 할아버지께 강력하게 대처해야했다. 그러나 아버지는 그러지 못했다. 그 원인이 무엇일까 하는 생각이 순간적으로 스쳐지나갔다. 아버지의 효도, 우유부단한 천성, 권력에 대한 집착 등 여러 생각이 떠올랐다. 그리고는 이내 가볍게 진저리를 쳤다.

그 일을 어머니 차원에서 바라보았다. 결론적으로 말하면 외할아버지의 죽음의 원인에는 어머니가 있었다. 어머니가 왕후였기에 발생한 어처구니없는 사건이었다. 결국 그 일은 외할아버지가 아닌 어머니의 생을 앗아간 처사였다.

"예서 뭐하고 있는 게냐?"

어머니에 대한 생각에 몰두하고 있는 즈음 나지막한 목소리가 들려왔다. 고개를 돌리자 백부인 효령대군이 모습을 드러냈다.

"방금 아버지께서 도착하셔서 두 분이 오붓한 시간을 가지시라고 잠시 자리를 물리고 있는 중입니다."

"그렇다면 왕후께서 이제 이 세상과 하직할 시간이 다되었다는…."

미처 말을 끝맺지 않은 효령대군이 나무관세음보살을 조용히 읊조렸다.

"안으로 드시렵니까."

효령이 대답 대신 수양이 주시하고 있던 목련을 바라보았다.

"몇 년 전 이곳에는 버드나무가 있었던 걸로 기억하는데."

효령이 어찌된 영문인지 이실직고하라는 듯 수양을 찬찬히 바라보았다.

"지난 봄에 버드나무를 뽑아버리고 목련을 심었습니다."

지난 해 2월에 일이었다. 아버지 세종이 느닷없이 자신의 군호를 진양에서 수양으로 고치는 교지를 내렸다. 수양이 비록 황해도 해주의 별칭이었지만 당시 수양은 아버지의 의지를 명확하게 읽을 수 있었다. 충(忠)을 위해 수양산에서 굶어죽은 백이와 숙제처럼 아버지를 위해 충성을 다하라는 즉 곧 보위에 오를 형에게 충성을 오로지하라는 의미였다.

그것은 일종의 경계였다. 아버지 역시 어머니께서 언급했던 사실들에 대해 상세하게 알고 있고 내심 그 걱정에서 벗어나지 못하고 있다는 반증이었다. 아울러 그 교지를 받자마자 곧바로 대문가에 서 있던 버드나무를 뽑아버리고 목련을 심었다.

"모름지기 모든 일은 순리에 따라 이루어져야 탈이 나지 않는데."

효령이 이번에도 말을 끝맺지 않고 잠시 나무관세음을 되뇌었다. 그런 효령을 수양이 빤히 주시했다. 다음 말을 이어달라는 투였다.

"유야, 네 아버지인 내 아우가 어찌 보위에 올랐는지 알고 있느냐?"

"그야 할아버지의 의중이 그랬던 게 아닙니까?"

"그건 표면적 사유고. 그 이면 말일세."

"이면이라니요?"

"네 큰 아버지께서 왜 일부러 보위를 거부했는지 그 이유를 알고 있느냐 이 말이다."

"무슨 말씀이신지 이해되지 않습니다. 양녕 백부께서 보위를 거부했다는 이야기는 금시초문입니다. 저는 그저 할아버지의 판단으로 알고 있습니다만."

"할아버지의 판단을 유도한 게 바로 네 백부였다."

말을 마친 효령이 잠시 주위를 둘러보며 다시 나무관세음을 되뇌었다.

"네 할아버지는 형님의 모습에서 자신의 모습을 발견하신 게야. 그리고 그걸 형님도 알아챘고."

"그게 무슨 관계인지요?"

"자네도 알다시피 할아버지가 진정 이 조선을 건국한 창시자 아니, 완성시킨 분으로 간주해도 무방하지. 그런데 그 과정에 너무나 많은 피를 흘렸어. 그리고 이제는 어느 정도 기반을 다졌다 확신하고 한동안은 그런 상황이 전개되어서는 안 된다는 사실에 주안점을 두고 있었지. 그런데 형님은 아버지를 능가할 정도로 강한 측면을 보이고 있으니 그를 탐탁하지 않게 생각하고 있던 게고. 형님도 그런 사실을 알고, 아버지와의 충돌을 피하기 위해 자신을 의도적으로 세자에서 폐하도록 유도한 게야."

수양이 가만히 효령 대군의 이야기를 곱씹어 보았다. 양녕 백부야 그렇다고 해도 왜 할아버지는 지금 앞에 있는 효령 백부도 거부했는가 하는 생각이 떠올랐다.

"그런 경우라면 백부님도 계셨잖아요?"

효령이 대답 대신 그저 웃기만 했다.

"왜 그러시는지요?"

"자네는 지금 내가 무슨 일을 하는지 알고 있느냐?"

"그야 불사에 오로지하고 계시지 않습니까?"

"내가 왜 일찌감치 권력과 거리를 두게 되었는지, 일부러 나약한 모습으로 일관했는지 알고 있느냐 이 말이다."

수양이 대답하지 않고 효령의 입을 주시했다.

"유야, 형님이 세자로 책봉된 상태에서 바로 아래 아우인 내가, 자네의 경우도 그렇지만, 어찌 처신해야 옳은지 생각해보았느냐?"

수양이 대답할 수 없었다. 마치 효령이 자신의 속내를 훤히 꿰뚫어 보고 있다는 느낌이 일어난 탓이었다. 순간 뒤에서 인기척이 들려왔다. 대부인이 살며시 다가와 효령에게 고개숙였다.

"부인은 왜 물러난 게요?"

"두 분이 사사로이 할 말씀이 있을 듯하여 자리를 비켜드렸습니다."

"잘했네, 대부인."

효령이 대부인의 인사를 받고 미소 지으며 화답했다.

제2의 이방원

"대군, 어서 쾌차하셔야지요."

"이 바쁜 시기에 좌승지께서 어인 일이오?"

"세자 저하의 친서를 가져왔습니다."

수양의 집에서 생을 마무리하던 소헌왕후가 기어코 생의 끈을 놓아버렸다. 곧바로 수양의 집에 빈소가 설치되었고 수양은 저승 길로 향하는 어머니의 혼줄을 놓지 않기라도 하듯 밤낮을 가리지 않고 지극정성을 다했다.

그 일로 인해 결국 수양이 학질로 몸져눕자 소식을 전해들은 세자가 손수 글을 써서 좌승지 황수신으로 하여금 전달하도록 했다.

"그냥 누워 계세요."

온몸을 이불로 둘둘 말고 누워있던 수양이 몸을 일으켜 세우려 하자 황수신이 제지했다.

"그냥 누워계시지요. 소신이 세자 저하의 친서를 읽어드리겠습니다."

황수신이 두루마리를 펼쳐 들었다. 이어 두루마리와 수양의 얼굴을 번갈아보고는 친서를 읽기 시작했다.

'상을 치르는 때에 자신의 뜻대로 다하는 것을 법으로 삼았으면 증자(曾子)는 반드시 상을 견뎌내지 못했을 것이다. 지금 수양은 병이 많으니, 조금 줄이도록 하라.'

좌승지가 짤막하게 읽어 내려간 친서를 곱씹어 보았다. 이어 증자를 가볍게 되뇌어 보았다. 증자는 공자의 제자로 효(孝)와 신(信)을 도덕행위의 근본으로 삼은 인물이다. 즉 세자가 보낸 글은 어머니에 대한 효도에 찬사를 보내며 아울러 자신을 철석같이 믿고 있음을 암시한다 생각했다.

"세자 저하뿐만 아니라 전하께서도 대군께 의원 노중례를 보내어 치료하도록 조처 취하셨습니다."

"노중례라 하였습니까!"

"그와 함께 이곳에 왔고 지금 밖에서 대기 중입니다."

노중례와 함께 왔다는 전언에 일전에 일이 떠올랐다. 아버지께서 어머니 치료를 위해 전의로서 첨지중추원사의 벼슬을 지내고 있던 그를 보내셨었다. 입궐할 때 가끔 마주치고는 했지만 가까이 한 적은 없었다. 그가 방문하고 어머니의 진맥을 살피고는 따로 자리했었다.

막상 그의 요구로 따로 자리했으나 그저 침묵으로 일관했다. 수양이 채근하지 않고 가만히 그의 얼굴을 살펴보았다. 그간 건성으로 대했는데 가까이 살펴보니 일개 의원이 아닌 흡사 신선이 아닌가 하는 생각이 떠오를 정도로 단아했다.

온통 하야면서 빛나는 머리카락과 수염 그리고 티끌 하나 발견할 수 없는 그의 얼굴 피부를 살피면서 혹시나 신선이 잠시 하산한 게 아닌가 하는 생각이 일어날 정도였다.

"전의께서 말씀 주셔야지요."

수양이 마른침을 삼키며 뚫어져라 바라보자 노중례가 가볍게 탄식했다.

"왕후마마의 한이 골수까지 파고든 상태입니다."

짧게 말을 마친 노중례가 역으로 수양을 뚫어져라 주시했다. 이미 다 알고 있는 일 무엇하자고 묻느냐는 투였다.

"하면 방법이 없습니까?"

"방법이야 있지만 오히려 독이 될 확률이 높습니다."

"그 말씀은?"

"치료를 시도하지 않는 편이 오히려 나을 정도입니다."

"치료방법은 있는데 시도하지 않는 게 이롭다는 말씀입니다."

"치료를 시도할 경우 자칫 잘못하면, 십중팔구 그런 상황에 처할 정도로 심각한데, 단지 수명만 조금 연장시킬 뿐 이후 끔찍한 고통 속에 생을 마무리하게…."

노중례가 말끝을 흐리자 수양이 천장을 바라보며 길게 한숨을 내쉬었다.

"저도 어느 정도인지 짐작하고 있었지만…."

"하여 대군께서 결정해주셔야 할 듯합니다."

"치료를 할 건지 말건지 말이지요."

노중례가 답하지 않고 가만히 수양을 주시했다.

"그런 경우라면 아버지께서 결정을 내리셔야 할 일 아닌지요?"

이번에도 노중례가 침묵을 지켰다.

"왜 그러십니까?"

"대군께서 그 이유를 잘 알고 계시지 않습니까."

수양이 가만히 생각해보았다.

"결자해지라 하였습니다. 어머니의 한의 근원이 아버지인만큼 아버지로 하여금 결정하시도록 하는 편이 옳지 않겠습니까?"

이번에도 노중례가 답하지 않고 침묵을 지켰다.

"제 말이 그릅니까?"

"옳고 그름의 문제가 아닙니다."

"그렇다면?"

"왕후마마께서 왜 막내아드님의 저택에 머무시다 이곳으로 오셨습니까?"

"그야 생의 마무리를…."

"바로 그런 이유입니다. 왕후마마께서 생의 마무리를 대군께 의탁하신 겝니다. 그러니 대군께서 결정하실 일입니다."

수양이 노중례의 말, 할아버지인 태종 대왕 시절부터 줄곧 궁궐의 역사 현장에 있었던 살아있는 증인인 그의 권고를 가만히 곱씹어보았다. 그리고는 다시 그의 얼굴을 주시했다.

"전의께서 제가 어떤 결정을 내리기 원하십니까?"

"그 일은 전적으로 대군 소관입니다."

수양이 천천히 손을 뻗어 노중례의 손을 잡았다. 앙상하지만 얼굴 피부처럼 뽀얗게 빛을 발하고 있었다.

"어떻게 감수하시렵니까?"

"그 길이 순리라면 당연히 받아들여야지요."

"순리라."

"차선책 또한 순리가 될 수 있지요."

선문답하듯 대화를 이어가던 두 사람의 시선이 마주쳤다.

"그렇다면 전의의 뜻, 순리에 따라 어머니께 더 이상의 고통을 드리지 않겠습니다."

"현명한 판단이십니다."

수양이 손을 놓고 다시 노중례의 얼굴을 주시했다. 속세의 모든 욕심 내려놓은 듯 표정이 평안하기 그지없어 보였다.

"아버지께 어찌 말씀하시렵니까?"

"방금 전 말씀드렸듯 제가 감수할 일입니다."

답하는 노중례의 표정에 조금도 변화가 보이지 않았다.

"그 분은 일전에도 어머니 치료를 위해 이곳을 방문한 적 있었습니다만."

"그 일로 전의권지(임시 전의)로 삭직되었지요."

노중례가 궁궐로 돌아가 아버지께 자신의 무능을 이실직고하자 그 죄를 물어 임시 전의로 삭직해 버렸다. 물론 그 이면의 사정 수양이 모를 턱이 없다. 그러나 내색할 수 없는 일이었다.

"그런데 전하께서 무슨 이유로 다시 그분을 보내셨습니까?"

"전일에 전하께서 지금 대군의 증상과 같은 상황에 처했던 적이 있는데 그 사람이 치료한 적이 있습니다. 따라서 그 경험을 다시 활용하여 대군을 치료하라 보내셨습니다."

"그렇다면 어서 들일 일입니다."

순간 황수신이 몸을 일으켜 세웠다.

"왜 그러세요?"

"소신은 이만 궁궐로 돌아가야 할 듯합니다. 워낙에 바쁜 터라."

"당연히 그리하셔야겠지요. 하지만 모처럼 이 누추한 곳을 찾아 주셨는데 그냥 보내드리면 예의가 아니지 않습니까."

황수신이 그저 잔잔한 미소만 지을 뿐이었다. 그리고는 이내 방문을 나섰다. 황수신이 비록 직급은 좌승지지만 도승지의 역할까지 도맡아 처리하고 있음을 수양도 잘 알고 있었던 탓으로 그저 그의 뒷모습을 물끄러미 바라보았다.

이어 다시 방문이 열리며 노중례가 안으로 들어서고 있었다. 순간 수양이 자신의 몸을 둘둘 말았던 이불을 밀쳐버리고 자리에서 일어나려 기를 썼다. 그 모습을 바라본 노중례가 급히 다가와 수양의 행동을 저지했다.

"그냥 누워 계세요."

수양의 귀에 권고가 아닌 명령처럼 들린 모양으로 수양이 그의 얼굴을 한번 흘낏 살피고는 행동을 멈추었다.

"이렇게 맞이하는 게 예의가 아닙니다만."

"대군께서는 환자 아니십니까."

"제가 환자가 맞긴 합니까?"

수양이 제가 말해놓고는 어색했는지 쓴웃음을 지었다.

"당연히 환자지요. 마음의 병도 병이니까요."

노중례가 잔잔한 미소를 머금으며 곧바로 수양의 진맥을 살피기 시작했다.

"일전에 일은 참으로 송구스럽게 되었습니다."

"소신이 감수한다 하지 않았습니까."

"그러면 이번 일은 또 어쩌시렵니까?"

"이 일 역시 소신이 감수해야지요."

두 사람이 아니라 마치 한 사람이 자문자답하는 듯했다.

"대신 대군께 한 가지 청을 넣어도 되겠습니까?"

"무슨 말씀이시던지 모두 받아들이겠습니다."

"욕심이 모든 병의 씨앗입니다. 그러니 잠시만이라도 마음속에서 욕심을 내려놓으십시오."

수양이 가만히 노중례의 말을 곱씹어 보았다. 어머니의 한에 대한 아버지에 대한 증오도 있었지만 그 기저에는 자신을 제치고 형을 세자로 책봉한 아버지의 판단에 대한 원망이 자리하고 있었다.

"어머니께서 승하하신 마당에 제게 무슨 욕심이 있겠습니까?"

"제게는 그리 말씀하시지 않아도 됩니다."

노중례가 진맥을 살피던 행동을 멈추고 가만히 누워있는 수양의 얼굴을 바라보았다.

"그게 무슨 말씀이십니까?"

"돌려 말하지 않겠습니다. 대군을 바라보면 태종 대왕이 연상됩니다. 대군의 운명과 태종 대왕의 운명이 겹칠 정도입니다."

"운명이 겹쳐지다니요?"

"태종 대왕의 운명과 대군의 운명이 일맥상통하다는 의미입니다."

어마어마한 이야기를 전혀 표정 변화 없이 언급하는 노중례와 주변을 번갈아 둘러보았다. 더 이상 누워 있을 수 없다는 생각이 일어나 수양이 기어코 자리에서 일어났다. 노중례가 이번에는 제지하지 않고 그저 물끄러미 바라볼 뿐이었다.

"의원님!"

"그러니 모든 욕심 내려놓으시라는 이야기입니다."

말인즉 결국 수양이 보위에 오르게 되어 있으니 굳이 욕심낼 이유가 없다는 의미로 비쳐졌다.

"어떻게 그리 생각하십니까?"

"소신이 확단하고 있지 않다면 어찌 이를 입 밖으로 발설할 수 있겠습니까?"

노중례가 자신의 말을 의심하는 수양을 다그치는 듯했다.

"제 말은…."

"모든 욕심 내려놓은 사람에게는 그 길이 보인다했습니다. 태종 대왕을 지근거리에서 모셨었던 소신으로서는, 또한 모든 욕심 내려 놓은 제게는 두 분이 다른 사람이 아닌 한 사람으로 보입니다. 그리고 태종 대왕도…."

"마저 말씀주시지요."

줄곧 냉정을 유지했던 노중례가 가볍게 치를 떨었다. 그 모습에 수양의 목으로 마른침이 넘어가고 있었다.

"태종 대왕께서 생전에 대군을 가리켜 제2의 이방원이 될 거라 하셨습니다."

"정말 그리 말씀하셨습니까!"

노중례가 즉답을 피하고 가만히 수양의 얼굴을 세밀하게 살피기 시작했다.

"대군께서 이 세상에 처음으로 모습을 드러냈을 때였습니다."

노중례가 잠시 사이를 두고 가볍게 한숨을 내쉬었다.

"대군께서 태어나셨다는 소식을 전해 들은 태종 대왕이 직접 대군을 찾아 치켜들고는 본능적으로 하신 말씀입니다. 당시 그 곁에 소신이 함께 하고 있었습니다."

불사

"이보시게 집사, 아직 멀었는가?"

"이제 거의 도착할 때가 되었습니다."

어스름한 저녁 수양이 천천히 말을 몰고 집사 임운 그리고 보따리를 걸머진 하인과 길을 가고 있었다. 자신의 문제로 노중례가 전의감 영사로 다시 강등되어 그를 위로하고자 길을 나선 참이었다. 그 이유도 있지만, 그보다도 가슴에 묻고 있던 많은 의문들이 그로 하여금 풀릴 수 있다는 생각으로 작심하고 길을 나선 참이었다.

노중례가 수양의 병을 치료하기 위해 방문하고 곧바로 세종을 알현하여 그 결과를 보고했다. 세종의 추궁에 노중례의 답이 걸작이었다. 이제는 연로하여 과거의 일이 전혀 기억나지 않았고 결국 수양을 치료할 수 없었다고 말했다.

결국 그 일로 노중례는 세종의 노여움을 사게 되었고 기어코 조선의 명의인 그는 궁중에서 쓰는 의약의 공급과 임금이 하사하는 의약에 관한 일을 관장하였던 전의감의 일개 아전으로 강등되었다.

그를 생각하며 혜화문을 빠져나와 그가 기거하고 있다는 병암동(屏巖洞, 지금의 돈암동으로 추정)에 들어서자 절로 탄식이 흘러나왔다. 비록 아전으로 전락했지만 한때 조선의 명의로 명성을 날렸던 그가 기거하는 곳이라고는 믿을 수 없을 정도로 황량했다.

짧은 한숨을 내쉬며 임운의 안내로 한 초가에 멈추어 섰다. 그러기를 잠시 임운이 얼기설기 엮은 나무문을 제치고 안으로 들어섰다. 그 모습을 바라보며 수양이 찬찬히 집을 둘러보았다.

비록 초라하기 그지없지만 노중례의 모습마냥 단아했다. 또한 사람의 냄새가 진하게 배어있었다. 순간 그곳이 노중례의 일시 거처가 아니라 본가라는 의심이 일어났다. 마치 그를 확인시켜주기라도 하듯 노중례가 임운의 안내를 받으며 수양에게 다가서고 있었다.

"대군께서 어찌 이 누추한 곳을 기별도 주지 않고 방문하셨습니까?"

"저로 인해 몹쓸 일을 당하셨는데 그를 모른 체 하면 인간의 도리가 아니지 않습니까. 그래서 본능에 따라 그저 걸음하였습니다."

수양이 본능에 힘을 주어 말하자 노중례가 잠시 눈을 감았다 뜨고는 이내 방으로 들 것을 종용했다. 그 순간 수양의 눈짓을 받은 임운이 동행한 하인에게 눈짓을 주자 등에 짊어진 보따리를 풀어

마루에 내려놓았다.

"이게 무엇입니까?"

"전의께서 맞추어보시지요."

수양이 능청스럽게 답하자 노중례가 잠시 물건으로 시선을 주었다.

"혹시 술과 안주 아닐는지요."

"당연합니다. 이 몸 전의와 함께 한잔 하려고 챙겨왔습니다."

말을 마치자마자 수양이 보따리를 들고 앞장서서 방으로 들어섰다. 방에 들어서자 갖가지 약초 냄새가 코끝을 파고 들었다. 잠시 그 냄새를 음미하던 수양이 보따리를 내려놓고 뒤따라 들어와 어정쩡하게 서 있는 노중례에게 큰절을 올리기 시작했다.

"대군, 이게 무슨 일입니까!"

순간 노중례가 수양의 소매를 잡아 끌자 수양이 그를 밀치고 기어코 예를 올리고 자세를 바로했다.

"방금 전 말씀드렸다시피 차마 인간으로서 몹쓸 일을 하였습니다. 이 점 용서 바랍니다."

노중례가 수양의 속내를 파악했는지 잔잔히 미소만 지었다.

"왜 그러세요?"

"대군, 의원이 뭡니까?"

"그야 병든 사람들 치료하는 일을 업으로 삼고 있는 사람이 의원

아닙니까?"

"그런 경우라면 의원이 아니라 기술자라 언급해야겠지요."

"기술자요?"

"단순히 병 치료만 한다면 그게 기술자 아니겠습니까?"

"하면?"

"이 세상에 존재하는 기를 정상궤도로 돌려놓는 일이 진정한 의원의 길이지요."

수양이 이해되지 않는다는 듯 빤히 노중례를 주시했다.

"의원이 진맥하는 일이 무엇을 의미한다 생각하십니까?"

"그야 피가 제대로…, 순리에 입각해서 기가 흐르는지를 진단하고자 함이 아닌지요."

"바로 말씀하셨습니다. 아울러 진정한 의원은 사람의 기만 살피는 게 아니라 사람을 존재하게 해주는 자연 전체의 흐름을 살펴야 한다 생각하고 있습니다."

수양이 진정한 의원을 되뇌고는 잠시 대화를 멈추고 보따리를 풀었다. 대부인에게 노중례를 방문한다는 사실을 알리자 대부인이 손수 장만해준 술과 정갈한 안주들이 모습을 드러냈다.

"참으로 정성스럽게 장만하셨습니다."

"아내에게 의원님의 근황을 전하자 직접 준비해준 음식들입니다. 그러니 타박 마시고 즐겁게 드시면 아내도 감읍할 일입니다."

"타박이라니요 당치 않으십니다. 그건 그렇고."

노중례가 말을 끝까지 잇지 않자 수양이 호기심의 눈초리를 보냈다.

"대군도 그러하지만 대부인께서도 예사 인물이 아닌 듯하여, 오히려 대군보다 더 강한 군왕의 자질을 지닌 듯하여 그렇습니다."

"제 아내가 군왕의 자질이라니요. 한낱 여인에 불과한 제 아내가 무슨…, 무슨 근거로 그리 말씀하시는지요."

"일전에 말씀드리지 않았습니까. 욕심을 내려놓으면 모든 게 보인다고."

"이해하기 힘듭니다. 그러니 좀 더 구체적으로 말씀 주시지요."

"그런 사안은 구체적으로 밝힐 수 없다는 모순이 존재합니다만. 그저 소신의 느낌이라고 해야 할까요."

"허허, 의원님과 제가 흡사 일심동체인 듯싶습니다."

가볍게 웃어 제친 수양이 술병을 들었다.

"소인이 먼저 올려야지요."

"아닙니다. 이 자리는 방금 전 말씀드렸듯 제가 의원께 은혜를 갚는 자리입니다. 그러니 먼저 받으시지요."

노중례가 거듭 만류하다 결국 먼저 잔을 받았다. 이어 수양의 잔이 채워지자 두 사람이 가볍게 잔을 부딪쳤다.

"의원께 묻고 싶은 일이 있습니다."

잔을 내리기 무섭게 수양이 말문을 열었다.

"물론 제2의 이방원과 관련해서겠지요."

수양이 대답 대신 두 개의 빈 잔을 채웠다.

"제 눈에는 두 사람이 다른 사람이 아닌 한 사람으로 비쳐진다고 말씀 드린 바 있습니다만."

"그런 식으로 말씀하셨었지요."

"거기에 순리를 더해보십시오."

수양이 노중례를 바라보며 잔을 비웠다. 노중례가 더 이상 언급하지 않고 수양의 빈 잔을 채웠다.

"그렇다면 이후 저는 어찌 행보해야 할까요?"

"운명이 그렇다면 순순히 받아들여야지요."

"말인즉?"

"전하께서 원하는 대군의 모습을 보여주면서 잠시 시간을 보내십시오."

노중례가 잔을 비워내고 답하자 수양이 황급히 빈 잔을 채웠다.

"의원님, 가르침을 주십시오!"

"이른바 기와 그릇의 상관관계입니다."

술이 들어간 탓인지 노중례의 얼굴이 붉게 상기되고 있었다. 수양이 그 얼굴을 바라보며 침묵을 지켰다.

"대군께 이런 말씀드려도 되는지 모르지만 왕세자께서는 권력의 최정점에 설 정도의 기를 지니고 있지 못합니다. 혹여나 전하께서 붕어하시게 되면 그를 감당하기 힘들어 가뜩이나 열악한 건강이 극도로 피폐해질 것입니다."

수양이 가만히 그 말을 곱씹어 보았다. 당대를 대표하는 전의로서 할아버지, 아버지 그리고 형의 오장육부까지 꿰뚫고 있는 노중례의 말이 헛말이지는 않은 듯 싶었다.

"그 정도로 심각합니까?"

노중례가 대답하지 않고 수양의 얼굴을 주시했다. 수양이 그런 노중례를 바라보며 잔을 기울였다.

"대군, 향후 어찌 행동하실 계획입니까?"

"그 문제는 제가 의원께, 아니 제 스승께 여쭈어보지 않았습니까."

"스승이라니 당치 않으십니다. 그저 삶을 조금 더 산 사람일 뿐입니다. 그런 저로서 감히 대군께 건의드립니다."

건의라는 이야기에 수양의 시선이 노중례의 입으로 향했다.

"불사에 전념하십시오."

"불사요!"

순간 수양의 목소리가 올라갔다.

"일석삼조의 효과를 거둘 것입니다."

"어떻게?"

"먼저 어머니에 대한 효의 문제입니다. 어머니께서 이승에서 미처 풀지 못한 한을 불사를 행함으로써 풀어드리실 일입니다. 다음은 그 일을 빌미로 후일 요긴하게 쓸 수 있는 자금을 마련하실 수 있습니다."

노중례가 잠시 사이를 두고 잔을 비워냈다. 수양이 병을 들어 천천히 빈 잔을 채웠다. 잔에 떨어지는 술 소리가 청아하게 들리고 있었다.

"세 번째는요?"

노중례가 답에 앞서 천천히 술잔을 비우기 시작했다. 수양이 다소 긴장된 모습으로 그 모습을 주시했다.

"대군께서 전면적으로 불사에 전념한다면 이는 조선의 건국 이념인 억불숭유 정책을 위반하는 일입⋯."

"무슨 말씀이십니까!"

수양이 도저히 이해되지 않는지 중간에 말을 끊었다.

"그런 경우 누구에게 득이 되고 실이 되는지 살펴보시지요."

수양이 노중례의 얼굴을 빤히 주시하며 생각에 잠겨 들었다. 조선왕조의 어엿한 왕자인 자신이 불사에 오로지 한다면 유교를 건국 이념으로 정한 조선에서 반드시 저항에 부딪칠 일이었다.

"결국 그 일에 대한 책임은 아버지께 돌아갈 수밖에 없습니다."

"그 일로 유교를 신봉하는 신하들의 저항이 거세게 일어날 것입니다."

"그 말씀은?"

"그 결과에 대해서는 제 입으로 말씀드리기 차마 송구스럽습니다."

노중례의 이야기, 결국 아버지의 심기를 건드리자는 게 요체였다. 어머니를 빌미로 아버지의 입지를 곤란하게 만들자는, 즉 남을 이용하여 다른 사람에게 피해를 입히는 차도살인의 계책이었다.

"결국 아버지가 목표입니다."

수양이 짧게 답하고는 천천히 술잔을 비우기 시작했다.

"대군, 어쩌시렵니까."

잔을 내려놓은 수양이 생각에 잠겨 들었다는 듯 침묵을 지켰다. 노중례가 다그치지 않고 저 역시 술잔을 비워냈다.

"결국 할아버지께서 불교를 비판하고 유교를 건국이념으로 정했던 정도전을 거세한 일을 타산지석으로 삼으라는 의미입니다."

"반드시 전하께 허락을 받으셔야 할 일입니다."

"아버지께서 허락하실까요?"

"반대할 명분이 없지 않습니까. 여하튼 그 일은 그리하도록 하시고 주상 전하께서 생존해계시는 동안에는 자중 또 자중하시기 바랍니다."

종교

수양이 가을이 깊어 가는 시점에 내불당을 찾았다. 내불당은 세종이 자신의 아내인 소헌왕후를 위해 신료들의 반대에도 불구하고 궁궐 내에 지은 사찰로 어머니는 생전에 자주 그곳에 머무르시며 불사를 통해 마음을 다스리고는 했다.

내불당에 들어서자 저만치서 초로의 스님이 만면에 미소를 머금고 다가오고 있었다. 그를 확인하자 수양이 걸음을 재촉하여 그의 앞에 멈추어 공손하게 읍했다.

"어려운 걸음 하셨습니다. 대군."

"진즉에 찾아뵙고 스님의 노고에 감사드려야 했건만 불민하여 이제야 찾아뵈었습니다. 용서하십시오."

"용서라니 당치 않습니다. 평소 왕후마마를 모셨던 불자로서 당연히 해야 할 도리를 한 것 뿐입니다. 그러나 저러나 대군의 지극정성 효성으로 왕후마마께서 반드시 극락왕생하셨을 것입니다."

어머니 상중에 자주 빈소를 찾았던 신미가 수양의 처절할 정도의 효행을 보았던 터였다.

"스님 말씀대로 정말로 극락왕생하셨을까요?"

"당연합니다. 대군의 효행으로 보아 반드시 그리되셨을 겁니다. 그건 그렇고 대군의 효행을 살피면 옛말이 틀리지 않다 생각 듭니다."

"옛말이라니요?"

"장남은 아버지의 몫이고 차남은 어머니 몫이라는 이야기가 있지요."

"무슨 말씀인지 이해하기 힘듭니다만."

"장남은 가업을 이어야 하니 아버지의 지극정성이 오로지하는 이유로 차남은 상대적으로 아버지의 관심에서 벗어날 수밖에 없고, 어머니의 시선에는 그런 차남이 안쓰러울 수밖에 없으니 자연스럽게 어머니의 사랑이 향하게 되는 게지요."

수양이 가만히 그 말을 곱씹어 보았다. 형인 세자와 자신의 경우도 그랬지만 그의 말마따나 어머니의 보살핌이 유독 강했었다.

"스님 말씀이 전적으로 옳게 여겨집니다."

짧게 답한 수양이 가볍게 웃었다.

"대군, 우리 예서 이러지 말고 산책하면서 말씀 나누심이 어떨까요."

신미의 제안에 내불당 이곳저곳을 둘러보았다. 불당 근처 나무들의 잎이 서서히 색이 바래가고 있었다.

"그러시지요, 스님. 그나저나 벌써 가을이 짙어가고 있습니다."

"벌써 가을이라…."

말하다 말고 신미가 수양을 빤히 주시했다.

"왜 그러시는지요?"

"대군, 가을이면 단풍이 드는데 그 이유를 알고 계십니까?"

"글쎄요. 가을이 되면 자연스럽게 단풍드는 게 아닌지요."

"그 이치를 아시느냐 물었습니다."

수양이 대답 대신 뚫어져라 나뭇잎을 바라보았다.

"이치라 하시면."

"겨울맞이를 하는 게지요."

"무슨 말씀이신지."

"지금 상태로 그 추운 겨울을 맞이한다면 어떻게 될까요?"

"그야."

수양이 미처 생각나지 않았는지 말문을 닫았다.

"지금 상태로 즉 살아있는 상태로 겨울을 맞이하게 되면 얼어

죽지 않을까요."

"그렇다면 얼어죽지 않기 위해 스스로 생을 마감한다는 말입니다."

"마감이라는 말은 어폐가 있습니다. 봄이 되면 다시 살아나니까요."

"그야 그렇습니다만."

수양이 말하다 말고 고개를 갸웃거렸다.

"대군, 혹시 겨울에 계곡을 찾은 적 있습니까?"

수양이 무슨 뚱딴지같은 소리하느냐는 듯 멀거니 신미를 주시했다.

"여름날에는 계곡에 물이 말라도 엄동설한에는 물이 마르지 않지요."

가만히 생각에 잠겨 들었다. 봄, 여름, 가을에는 물이 흐르지 않는 계곡의 모습을 자주 볼 수 있었다. 그런데 엄동설한에는 결코 그런 경우를 본 적 없었다.

"그건 또 무슨 이치인지요."

"나무가 자신의 몸통에 간직했던 물을 배출하여 계곡이 즉 대지가 물이 말라 죽지 않도록 하는 게지요."

"스님 말씀은…, 나무가 저도 살고 자신을 살도록 해주는 대지를 위해 물을 뿜어낸다는 말씀입니다."

"나무가 저 혼자 물을 머금고 있다면 얼어죽을 것을 알고 있기에 저도 살고 또 자신의 생명의 원천인 대지도 살리는 게지요."

"이른바 상생입니다. 상생."

신미가 잠시 걸음을 멈추고 조용하게 나무관세음을 되뇌었다. 그 모습을 바라보자 틈만 나면 내불당을 찾아 부처 앞에 무릎 꿇고 경건하게 기도를 올리던 어머니의 모습이 떠올랐다. 그 생각에 가볍게 한숨을 내쉬었다.

"스님, 실은 스님께 가르침을 받자고 뵙고자 하였습니다."

"대군께서 부처님의 자비로 왕후마마의 명복을 기리시겠다는 의도 같습니다만."

"어머니께서 생전에 겪었던 고통을 생각하면 이 정도 선에서 끝낼 수 없다는 생각 일어납니다. 하여 스님의 도움을 받아 어머니의 명복을 빌어주어야겠다 결심하였습니다."

"부처님의 자비로 왕후마마의 명복을 구하시겠다."

신미가 말을 멈추고 가볍게 나무관세음을 되뇌었다.

"대군, 종교의 참 의미를 여쭈어보아도 되겠습니까."

신미의 질문에 수양이 걸음을 멈추고 시선을 돌렸다. 신미와의 대화에 빠져 미처 몰랐는데 궁인들이 바삐 움직이는 모습이 시선에 들어왔다.

"가르침을 주십시오."

"대군은 정말로 극락이 존재한다 생각하십니까?"

수양이 잠시 생각에 잠겨 들었다. 지금까지 그가 행했던 숭불은 어머니로부터 비롯되었다. 어머께서 오로지한 그 불교에 대해 심도 있게 생각해보지 않고 그저 불교에서 언급한 내용을 있는 그대로 받아들이고 있었다. 그런데 지금 신미는 불교의 최종 목표인 극락의 존재를 부인하는 듯 언급했다.

"대군은 생과 사에 대해 어떤 견해를 가지고 있으신지요?"

미처 심각하게 생각하지 않았던 문제들이 신미의 질문으로 전해지고 있었다. 그저 가만히 신미의 입을 주시했다.

"사람들은 생과 사를 별개의 사안으로 생각하고 있는데 생과 사는 곧 하나지요. 다만 그를 연결하는 요소로 기가 존재합니다."

"기라 하면."

"생명체를 존재하게 해주는 기운이지요. 그 기운이 존재하는 경우를 생이라 하고 그 기운이 사라지게 되는 경우를 사라 일컫습니다."

수양이 가만히 기를 되뇌며 잠시 생각에 잠겨 들었다. 인간의 탄생부터 죽음에 이르는 과정을 살펴보았다. 결국 신미의 말대로 기의 순환과정에 불과했다. 그 생각에 잠시 고개를 끄덕였다.

"스님, 그렇다면 종교는 무슨 의미입니까."

"그보다 먼저 사후세계 즉 극락이 존재하는지에 대해 생각해 봅시다. 그 부분 대군은 어찌 생각하십니까."

"스님 말씀대로 생명체의 삶과 죽음이 기의 순환과정이라면 사후 세계의 존재 여부는 그다지 의미를 주지 않는 것으로 이해됩니다."

"대군 말씀대로 기가 존재하지 않는 사후세계의 존재 여부는 아무런 의미를 지니지 못합니다."

"그런 경우라면 종교의 역할은."

"대군을 생각해보십시오. 왕후마마의 명복을 빈다고 하지만 결국 그 행위로 인해 대군은 마음의 평안을 취하게 되지요."

"결국 종교는 살아있는 사람을 위한 일종의 위안입니다."

"거기서 한 걸음 더 나아가보시지요."

신미의 제안에 가만히 생각에 잠겨 들었다. 결국 인간은 물론 모든 생명체가 자연의 일부 즉 순환하는 자연의 일부 과정에 불과했다.

"종교는 궁극적으로 상생을 의미합니다."

신미가 가만히 나무관세음을 읊조렸다.

"이제 그 이야기는 접고 향후 어쩌시렵니까?"

"그 일로 지금 스님을 뵙고 있는 중 아닙니까."

"당분간 불사에 매진하십시오. 왕후마마를 떠나서 대군을 위해서라도 그리하십시오."

"저를 위해서라니요?"

신미가 대답하지 않고 시선을 저만치로 주었다. 수양이 그의 시선을 따라갔다. 웅장하고 신비로운 근정전이 시선에 들어왔다. 순간적으로 고개를 돌려 신미를 바라보았다. 순간 신미가 눈을 감고 나무관세음을 되뇌었다.

"대군께 두 가지를 권하고자 합니다. 하나는 부처님의 일대기를 집필하시고 다른 하나는 틈틈이 불사를 병행하실 것을 권합니다."

"불사야 가능하지만 부처의 일대기를 제가 어찌?"

"제 아우를 부리십시오. 만족스럽지 못하겠지만 대군께 상당한 도움을 드릴 수 있을 것입니다."

석보상절

"형님, 제가 말씀드릴까요."

세종이 소헌왕후의 상중에 수고를 마다하지 않은 아들들을 위로하기 위해 각종 산해진미를 마련하고 편전으로 불러 모았다. 한창 분위기가 무르익을 무렵 안평대군이 곁에 앉은 수양을 바라보며 입을 열었다. 순간 수양이 아버지 세종과 형을 번갈아 주시했다.

"무슨 일인지 주저 말고 이야기하게."

아버지를 대신해 세자가 수양을 바라보며 입을 열었다.

"실은 저희 형제들이 이곳에 오기 전에 모임을 가졌었습니다."

"모임이라, 형제들 간에 당연히 우애를 다져야 하거늘. 그래 무슨 모임이었는고."

이번에는 아버지 세종이 말을 받았다. 가만히 아버지의 모습을 바라보았다. 술이 몇 잔 들어간 상태의 아버지의 모습은 초라하기 이를 데 없었다. 어머니를 보내드리며 어머니의 한이 아버지에게 전이된 듯했다.

"그간 아버님의 노고가 적지 않은 듯 보입니다."

수양이 애틋한 시선을 보내자 세종이 천장을 바라보며 길게 한숨을 내쉬었다. 모든 아들들이 그의 행동을 놓치지 않으려는 듯 그의 시선을 따라갔다.

"이 자리에 너희 어머니께서 함께하셨으면 하는 생각 불현듯 일어나는구나."

말을 마친 세종의 눈가에 천천히 이슬이 맺히고 있었다. 그 모습을 바라보자 아버지에 대한 연민이 일어났다. 비록 대놓고 내색하지 못했어도 그 누구보다도 어머니의 한을 가장 잘 알고 있을 터였다. 어머니의 한은 결국 아버지가 감당해내야 할 몫이었다.

"그건 그렇고 무슨 말을 하고 싶은 게냐."

"어머니 문제로 저희 형제들끼리 의견을 나누었습니다."

며칠 전 수양이 자신의 집으로 동생인 안평, 임영, 금성, 영웅대군을 초대했다. 물론 어머니의 초상을 치르느라 노고를 아끼지 않은 동생들에게 형으로서 고마움을 전하기 위해서였다.

"그 누구보다 형님이 수고 많았습니다."

안평의 언급에 다른 동생들이 고개를 끄덕이며 수양을 주시했다.

"그저 자네들에게 고마울 따름이야. 그건 그렇고 내 오늘 자네들의 의향을 타진하고 싶은 일이 있네."

"형님, 그냥 하라하십시오."

수양을 끔찍이도 따르는 임영이 힘주어 말하자 동생들이 다시 맞장구를 쳤다.

"혹시 어머니와 관련한 일 아닙니까?"

"자네가 어떻게. 허허, 자네가 내 복심일세."

안평의 질문에 수양이 너털웃음을 지었다.

"실은 저도 형님과 같은 생각을 하고 있었습니다. 그래서 그 일로 승문원 김수온 부지사를 만나 의견을 들은 적 있습니다."

"벌써 일을 그리 진척시켰냐?"

"그저 의견 교환 차원이었습니다."

김수온, 신미의 동생으로 유생이면서 불교 숭상을 주장하는 흥미로운 인물이었다. 그 일로 여러 신료들의 미움을 받고 있으나 세종의 비호로 최근 승문원 교리에서 종 5품의 무관직인 부지사로 승진되었다.

"그분이 뭐라 하던가?"

안평이 즉답에 앞서 형제들의 눈치를 살폈다.

"형님, 바로 말하세요."

금성이 답답하다는 듯 혀를 찼다.

"부처의 자비를 통해 어머니의 한을 풀어드려야 한다는 게 그 요체였다."

"부처의 자비라니요?"

"말 그대로일세. 어머니께서 못다 풀고 간 한을 부처의 자비를 통해 풀어드려야 한다는 이야기야."

"불교를 진흥시키자는 이야기 아닙니까?"

"그 일로 뭘 진흥이란 표현까지 쓰고 그러나."

안평의 책망에 금성이 가볍게 한숨을 내쉬었다.

"지금 신료들이 쉬쉬하며 불교가 다시 살아나는 게 아닌가 토로하고 있어 그럽니다."

"그게 불교 진흥과 무슨 관계인가?"

"다른 사람도 아니고 아버지를 위시하여 왕자들인 우리가 불사에 전념한다면 그게 결국 불교 진흥 아닌가요?"

"그러지 말고 형님도 한 말씀 하시지요."

수양이 두 사람의 대화에 개입하지 않고 가만히 지켜보자 안평이 거들어달라는 듯 수양을 주시했다.

"금성 아우는 불교 진흥과 어머니 중 어떤 사안이 중요하다 생각하는가."

"그야 비교조차 할 수 없지요. 불교가 뭔 대수라고요."

"바로 그런 차원에서 접근하자는 말이네. 불교를 진흥하자는 차원이 아닌 어머니의 명복을 빈다는 차원에서 접근할 일이야. 그런 경우라면 대신들도 입도 뻥긋 못할 게야."

"형님 말씀이 지당하십니다."

임영이 목소리에 힘을 주자 금성이 슬그머니 고개 돌렸다.

"그나저나 안평 아우가 상당히 깊이 관여하고 싶은 모양인데 이 일은 안평 아우가 도맡아 처리하는 게 어떤가."

"제가요?"

반문한 안평이 동생들의 면면을 살폈다.

"형님, 형님께서 앞장서서야지요."

가만히 대화를 경청하기만 하던 영웅이 조심스럽게 운을 떼었다.

"영웅은 무슨 이유로 그리 생각하나?"

"그 일이 형님이나 안평 형님 개인의 일이 아니고 우리 형제들 모두의 일이라면 당연히 형님이 앞장 서서야지요."

"당연합니다. 형님께서 앞장서주세요."

이번에도 임영이 목소리에 힘을 주었다.

"부처님의 자비로 너희 어머니의 영혼을 위로해드리겠다는 말이지."

수양이 대답하지 않고 그저 아버지와 세자의 얼굴을 번갈아 주시했다. 순간 세자가 세종에게 시선을 주었다.

"아버지께서 말씀 주십시오."

"세자의 생각은 어떠한고."

"소자는 아우들의 생각에 전적으로 동의합니다. 다만."

"그런데?"

"지금 조정에서 불사 문제로 뒤숭숭한 마당에 아버지께 누가 되지 않을까 염려되옵니다."

순간 수양의 목으로 마른 침이 넘어가고 있었다. 그를 알아채기라도 했다는 듯 세종의 시선이 수양의 얼굴로 향했다.

"형님, 불사를 반대하는 사람들이 누군지 여쭈어보아도 되겠습니까?"

"누구라고 특정할 수 없을 정도로 반대 의견을 피력하고 있다. 다만 그 중 우의정 하연, 좌참찬 정분, 우찬성 김종서 그리고 우참찬 정갑손 등이 신료들의 의사를 대변하고 있는 실정이야."

"절제 대감도 말입니까!"

"그 정도면 다시 고려해보아야 할 일 아닌지 모르겠습니다."

안평의 말에 수양이 조심스런 반응을 보였다.

"수양은 왜 그리 생각하느냐?"

"다른 인물들은 그렇더라도 절제 대감은 아버지의 충신 중 충신 즉 고굉지신이지 않습니까."

수양의 반응에 세종이 잠시 침묵을 지켰다.

"그 정도라면 이 문제는 가벼이 생각할 일이 아니라 생각되옵니다."

세종이 역시 침묵을 지키며 가볍게 한숨을 내쉬었다. 순간 세종의 표정이 살짝 일그러졌다.

"아버지, 너무 심려 끼쳐드린 게 아닌지 모르겠습니다. 사안이 그 정도로 심각하다면 재고바랍니다."

"아니다, 그 부분 개의치 말고 너희들 생각대로 추진하도록 하거라. 세자는 이를 유념하고 동생들 일에 적극 협조해주도록 하고."

세자가 즉답 대신 동생들의 면면을 훑어보았다.

"아버지 말씀대로 차질 없이 진행해 나가겠습니다."

"저 그리고."

"주저하지 말고 말해보거라."

"제 개인적인 생각인데, 신미 스님과 상의해 본 바 있는데 이참에 어머니의 명복을 빌기 위해 부처의 일대기를 편찬하고자 합니다."

"부처의 일대기라 하였느냐?"

수양의 제안에 세종이 목소리를 높였다.

"그러하옵니다. 그리고 일대기가 완성된 이후에는 아버지께서 반포하신 훈민정음으로 번역하려합니다."

수양의 제안, 파격적이었다. 부처의 일대기를 편찬하는 일도 그러하지만 그를 훈민정음으로 번역하겠다고 했다. 표면상 살피면 중요한 의미를 지니지 못한 듯 보이지만 세종에게는 고난의 연속이었다.

수양의 의도는 불교를 대중화하겠다는, 일반 백성들이 쉽사리 불법을 접하고 불교에 귀의할 수 있도록 하겠다는 이야기였다. 한 걸음 더 나아가 조선의 숭유억불 정책의 근간을 재고하겠다는 제안에 다름 아니었다.

"형님, 너무 앞서 나가는 거 아닌가요?"

금성의 질문에 수양이 대꾸하지 않고 아버지를 바라보았다.

"발상은 좋다만 그런 경우 불난 데 부채질 하는 격이 될 터인데."

세종이 혼잣말하듯 읊조리자 세종을 바라보는 수양의 시선에 간절함이 더해졌다.

"그런데 그 일이 혼자 가능하겠느냐?"

세종의 말투가 부드러워졌다.

"신미 스님의 도움을 받는다면 그다지 어려운 일은 아니라고 판단합니다."

보은

"편찬 사업은 잘 진행되고 있느냐?"

"신미 스님의 아우인 김수온의 도움을 받고 있습니다."

"그 사람의 도움을 받는다고 해도 쉽지 않을 터인데."

"아무리 힘들어도 형님만 하겠습니까."

"내가, 왜?"

"형님 얼굴에 갈수록 생기가…"

수양이 아차 싶었는지 급히 말문을 닫았다. 마치 그를 반영하듯
세자의 얼굴에 어두운 그림자가 스치고 지나갔다.

"형님, 제가 실수했습니다."

"아니야, 자네가 제대로 본 거야."

세자의 목소리가 가라앉을 대로 가라앉았다.

"제가 괜히 쓸데없는 소리해서."

"자네 말마따나 갈수록 적신호가 감지되고 있다는 느낌 일어나네."

가만히 형의 얼굴 그리고 온몸을 살펴보았다. 수양도 얼핏 느꼈지만 형의 말대로 온몸 전체에서 기가 소멸되어가고 있는 듯했다. 순간적으로 목구멍으로부터 뜨거운 기운이 솟구치고 있었다.

"형님아."

"왜 그래?"

형인 문종이 세자로 책봉되고 얼마 지나지 않은 시점이었다. 항상 곁에 머물던 형이 따로 지내게 되자 수양이 잠시 쉬고 있는 형을 찾았다.

"형님이 곁에 없으니 너무 심심해서 그래."

수양이 애처로운 표정을 짓자 세자가 가느다란 미소를 지으며 수양의 손을 잡았다.

"그 마음 이 형도 충분히 이해하고 있어."

"이해만 하고 있으면 뭐해. 전처럼 나랑 함께해야지."

"그게 궁궐의 법도인데 내 어찌…"

"무슨 법도가 그래. 형님이 좋아하는 동생과 함께하지 못하게 하고 그저 궁궐 안에 가두어 놓는 게 그게 법도야?"

수양이 목소리를 높이자 세자가 수양을 잡은 손에 힘을 주었다.

"법도를 떠나서 그 일이 아버지를 위한 길이라면 자식으로서 당연히 따라야 하는 게 도리 아닐까."

"아버지라면 궁궐의 법도를 떠나 형님과 내가 함께 지내도록 해야 옳은 일 아니야?"

"이 형은 세자 아니니. 그러니 아무리 힘들어도 아버지의 말씀, 궁궐 법도를 따라야 해."

"형님아, 그런데 세자가 뭐야."

순간 세자가 의혹의 시선을 보냈다. 아무리 어린 동생이지만 세자가 무슨 의미를 지니는지 알지 못할 턱이 없기 때문이었다.

"그게 무슨 소리니?"

"세자는 언제인가 임금의 자리에 오를 사람 아니야."

"그런데 왜?"

"논어에서 읽었는데 임금은 백성들과 하나가 되어야 한다고 그랬거든."

"그야 당연한 이야기지. 백성들이 존재하기에 임금이 존재하니까 항상 백성들의 배를 부르게 하려고 생각해야지."

"그렇다면 형님은 궁궐 안에서 처박혀있지 말고 나랑 같이 백성들이 어떻게 살고 있는지를 살펴야 할 일 아니야."

"형님한테 처박히다니."

수양이 목소리를 높이자 세자가 점잖게 말을 받았다.

"형님이 하도 답답해보여서 그러잖아. 눈만 뜨면 다람쥐가 쳇바

쥐 돌 듯하고 그 이외의 일은 전혀 엄두도 내지 못하고 있잖아."

세자가 말을 잇지 않고 가만히 수양의 얼굴을 바라보았다.

"왜 그래 형님아."

"내 아우가 말하는 투를 보니 마냥 어린애가 아니라는 생각이 들어서 그래."

"내가 어린애라니. 형님, 이거 봐."

수양이 말을 마치기 무섭게 자신의 소매를 걷어 올려 팔에 힘을 주고 구부렸다. 알통을 보라는 의미였다.

"어때, 이래도 내가 어린애야."

살짝 불거진 알통을 바라보며 세자가 웃음을 터트렸다.

"내 아우가 완전히 장군감이네, 대장군."

"형님은 알통 없지."

세자가 그저 잔잔한 미소로 답했다.

"형님아, 형님은 정말 임금이 되고 싶어?"

"너는?"

"물론 임금이 되면 좋지만 형님이 있으니 그리될 수는 없고. 그런데 형님 하는 모습 보니 임금 되고픈 마음 하나도 들지 않네."

"그래? 아우가 생각하는 임금은 어때야 하는데."

"방금 이야기했잖아. 백성을 제일로 위해야 한다고."

"그러면 내 경우는?"

"지금 아버지나 형님이 하는 모습을 보면 백성들을 위하는 게 아니라 궁궐 안에서 그저 신하들과 말장난하려는 게 아닌가 싶어."

순간 세자의 얼굴에 어두운 그림자가 스치고 지나갔다.

"아우의 말이 조금 지나친 게 아닌가 싶네."

세자의 목소리가 가라앉았다.

"형님아, 내가 얼마나 답답하면 그럴까. 그러다 형님 건강이 좋아지지 않을까 걱정되어 그러는 거잖아."

"내 건강 때문이라니?"

"어머니도 말씀하시고는 하는데, 형님도 생각해봐. 맨날 책하고 씨름하고 있는데 건강에 어떻게 신경 써. 가끔은 나랑 같이 놀기도 하고 그래야지."

"결국 아우는 이 형과 놀지 못하는 게 너무 아쉽다는 이야기네."

"나랑 함께 놀고 그래야 정말 임금다운 임금이 될 수 있다는 이야기지."

말을 마친 수양이 자리를 차고 일어났다.

"왜, 벌써 가려고?"

"이럴 시간에 활쏘기 연습이나 하는 게 나을 것 같아서 그래."

"대장군 되려고?"

"어차피 임금 되지 못할 거 대장군 되어 형님 곁에서 놀아야하지 않겠어."

"형님, 그래서 이야기인데."

수양이 조심스럽게 운을 떼었다.

"주저 말고 말해보게."

"실은 겸사겸사 형님께 부탁하고 싶은 일이 있습니다."

"무슨 일인데 자꾸 뜸을 들여?"

"그러면 바로 말씀드리지요. 일전에 어머니와 제 문제로 인해 삭직된 의원 노중례 있지 않습니까."

"노중례라, 그래, 그런 일이 있었지. 그런데 그 사람이 왜?"

"그 의원에게 직첩을 돌려주십사는 청을 드리려합니다."

"직첩을?"

"그 사람 생각하면 괜히 미안한 감이 들어서. 이제는 직첩을 돌려 주심이 마땅하다는 생각이 들어 형님께 부탁드립니다."

"아버지께 직접 말씀드리지 않고."

"그건 도리가 아니지요."

"도리가 아니라니."

"당연히 형님께 부탁드려야지요."

수양의 말에 세자가 잠시 생각에 잠겨든 모양으로 수양을 가만히 주시했다.

"고마운 말이네. 내 그리함세. 그런데 말이야."

"곤란한 일이 있습니까."

"곤란할 거까지는 아니겠지만 신료들의 반대가 만만치 않으리라는 생각이 들어서."

"신하들이란 그저…."

"왜 그러느냐?"

"대신들이 너무 주제넘게 처신하는 게 아닌가 하는 생각 때문에 그렇습니다. 노중례의 일은 어머니와 제가 연관된 문제 아닙니까."

"그야 당연하지."

"그런데 신하들이 왜 참견하고 나섭니까."

수양의 격앙된 소리에 세자가 가볍게 한숨을 내쉬었다.

"형님, 제가 결례 범했습니다."

"아니야, 나도 문득문득 아우와 같은 생각을 하고는 해. 태종 할아버지처럼 옳다고 생각하는 일에는 좌고우면하지 말아야 하는데. 그런데…."

세자의 다음 말은 빤했다. 결국 선한 역할만 도맡으려는 아버지 세종의 처신이 문제였다.

"혹시 그것도 이유가 될 수 있는지요?"

"그거라니."

"아버지와 형님의 생각 차이 말입니다."

"그래서는 안 되는데."

말을 받는 세자의 목소리에 힘이 빠지고 있었다.

"형님, 여하한 경우라도 건강에 각별히 유념하십시오."

"고마운 말이네. 여하튼 노중례 문제는 내 아버지께 말씀드려서 자네 의견대로 실행되도록 하겠네."

역시 말에 힘이 빠져 있었다.

안평의 집에서

"형님, 혹시 김수온 문제로⋯."

수양이 안평대군의 사저 사랑에 자리 잡기 무섭게 한숨을 내쉬자 안평이 조심스럽게 운을 떼었다.

"바로 말하였네. 내 그 문제로 아우와 상의할 게 있어 이리 갑작스럽게 방문했네."

"그냥 큰형님께 말씀드리지 않으시고."

"내가 그 사람 일로 직접 나서기는 곤란하지 않을까 싶네."

수양의 말에 안평이 잠시 생각에 잠겨 들었다는 듯 침묵을 지켰다.

"아우도 알다시피 지금 그 사람은 나와 함께하고 있지 않은가. 그런데 내가 나서면 그 사람 일이 아니라 내 일로 비쳐지지 않을까 염려되어 그러네."

"형님 말씀대로 그럴 수도 있겠습니다."

"그래서 내 자네에게 부탁하고자 이리 찾아왔네."

"괜한 걸음 하셨습니다."

"그건 무슨 소린가."

"그 일이라면 그냥 궁궐에서 말씀하셨어도 될 터인데 이리 어려운 걸음 하셨으니 하는 말입니다."

"아우, 섭섭하게 그 무슨 소린가. 핑계 김에 아우와 술잔 나누려는데."

수양이 미소를 보이며 답하자 안평이 자리에서 일어나 문을 열고 시립해 있던 집사에게 주안상을 들이라 말하고는 자리로 돌아왔다.

"형님, 사간원 놈들이 도대체 왜 그런답니까."

수양이 얼마전 세자에게 자신과 함께 석가의 일대기를 편찬하는 김수온을 위해 그를 무관이 아닌 문관의 직인 훈련원주부로 변경시켜줄 것을 요청했었다. 세자 역시 그의 무관 직이 타당하지 않다 생각하고 세종에게 그를 요청하였는데 사간원에서 김수온에게 임명장을 주는 일에 대해 거부 의사를 피력하고 있었다.

그 이유가 걸작이었다. 김수온에게 문제가 있어서가 아니라 그 아버지인 김훈이 불충을 범했었다는 사실을 빌미로 잡고 늘어졌다. 수온 그리고 신미의 아버지 김훈이 태종이 보위에 있을 당시 할머니의 상중에 빈소에 머물지 않고 기생첩과 어울렸다는 이유로 귀양에 처해진 일을 문제 삼고 있었다.

"자네는 왜 그렇다고 생각하나?"

수양의 질문에 안평이 침묵을 지키다 혀를 찼다.

"그러면 결국 형님을 견제하겠다는 이야기로군요."

"바로 말하였네. 김수온에 대한 거부 의사는 결국 나를 향한 화살인 게야."

"중이 제 머리 못깎는다고, 그래서 형님은 제게 그 일을 맡기고자 하시는 거구요."

"너무 비약하지 말게나. 다만."

"다만이라니요?"

"얼마 전 형님께 한번 부탁한 적이 있어 그래."

"노중례 건 말인가요?"

"그러이, 괜히 나 때문에 삭직되었으니 그를 다시 복직시키고자 형님께 부탁했었어."

"하기야 그 당시도 사간원의 반대가 적지 않았었지요."

"그러니 내 어찌 김수온 건으로 다시 형님께 부탁할 수 있겠냐. 나도 염치가 있지."

"결국 제 손을 빌려 김수온을 살리자는 겝니다."

"자네 손이라기보다, 오히려 자네가 그 사람과 가깝게 지내지 않는가."

안평이 답하지 않고 그저 웃기만 했다. 순간 문이 열리며 조촐하게 차려진 주안상이 들어오고 있었다. 두 사람이 잠시 침묵을 지키며 상이 제자리에 놓이는 모습을 물끄러미 바라보았다.

"형님이 제 집을 찾았던 일이 오래 된 듯합니다."

하인이 자리를 물리자 안평이 이상하다는 눈초리를 지으며 수양을 주시했다. 안평의 집이 궁궐 북쪽으로 그리 멀지 않은 곳에 위치했건만 동생 말대로 자주 찾지 않았었다. 두 사람 간에 알력이 있었던 때문이 아니라 서로의 관심사가 판이했던 데에 따른다.

"그래서 겸사겸사해서 찾아온 게 아닌가."

"여하튼 잘 오셨습니다. 앞으로도 자주 찾아주십시오."

"그야 당연한 일이고. 우선 잔이나 기울이세."

"당연한 일입니다. 형님이 자주 찾아주시기를 바라며 잔을 비우겠습니다."

"그런데 제수씨와는 아직도 불화중이냐?"

수양이 잔을 비우고는 측은한 표정을 지으며 잔을 만지작거렸다.

"형님이 이해해 주십시오. 형님이 오신 사실을 알면 당연히 와서 인사 드려야 도리인데. 여하튼 그저 그만합니다."

"집안이 화목해야 하는데."

"그저 형님 내외가 부럽습니다."

"그거 보면 말이야, 이 조선보다 고려 사회의 제도가 합리적이지 않았나 하는 생각이 드네."

"갑자기 그 무슨 말씀입니까?"

"조선은 남존여비라 하여 여자를 귀히 여기지 않지만 고려는 남자와 여자를 평등하게 대하지 않았는가."

"그게 무슨 상관인데요."

"여자를 동등하게 인정하면 즉 여자의 가치를 존중하면 집안은 자연스럽게 평화를 유지한다는 이야기야."

"그러면 저는 제 아내를 동등하게 여기지 않아 그런다는 말씀입니다."

"자세한 내막은 내 알 길 없네만. 좌우지간 그렇다는 이야기야."

수양이 안평의 그리고 자신의 빈 잔을 채웠다.

"그나저나, 형님. 김수온은 부릴 만합니까."

"부릴 만한 게 뭔가. 그 사람의 형인 신미 스님과 필적할 정도라네. 나는 그저 이름만 걸고 있다고나 할까."

"그 정도입니까."

"그래서 자네에게 그 사람의 변호를 부탁하는 게 아닌가."

"굳이 형님 말씀을 떠나서라도 당연히 제가 나설 일입니다. 그런데 형님께 하나 여쭈어보아도 될지 모르겠습니다."

"무슨 그런 말이 있는가. 궁금한 일이 있으면 당연히 물어보아야지."

"방금 전에 했던 이야기의 연장선상인데, 형님이 형수님을 어떻게 대우하시는지 궁금합니다."

"잠시 전 말하지 않았는가. 나와 동등하게 대한다고."

"구체적으로."

"자네 혹시 사랑이란 걸 아는가."

"느닷없이 무슨 사랑 타령입니까."

"그거 보면 참으로 알 수 없는 게 인간이라고. 자네는 그 누구보다도 제수씨를 사랑하리라 생각 드는데 영 딴판이란 말이야."

"제가, 왜요?"

"자네는 일련에 예술인이라 표현해도 좋을만큼 감수성이 풍부하지 않은가."

"틀린 말은 아닙니다."

"그런데 자네는 예술을 그렇게 사랑하면서 아내는 소홀히 한다 이 말이야. 즉 아내를 예술적 가치로 보지 않는다는 말이지."

"예술적 가치요."

"아내를 사랑해보게. 그러면 아내는 가장 소중한 예술의 대상이 될 걸세."

안평이 가늘게 예술적 가치를 읊조리면서 잔을 비워냈다.

"형님 말씀이 참으로 난해합니다."

"왜, 나는 예술이란 단어를 언급하면 안 되나."

"물론 형님도 예술에 식견을 지니고 있지만 오히려 그와는 반대의 인상을 강하게 풍기지 않습니까."

"그래서 열길 물 속은 알아도 한 치 사람 속은 알기 힘들다는 말이 있지 않나."

수양이 거드름을 피우며 잔을 비워 내자 이번에는 안평이 두 개의 잔을 채웠다.

"결국 형님은 형수님을 사랑한다는 이야기입니다."

"말이 그렇게 되나."

"그래서 형님은 첩을 두지 않고요."

"아내를 사랑하는데 군이 첩을 둘 이유가 없지 않은가."

"여하튼 형님 내외분 정말로 부럽습니다."

수양이 가만히 아내 낙랑부대부인을 그려보았다. 여자지만 장부의 기질을 지니고 있었다. 그러면서도 항상 남편인 자신을 하늘처럼 대해주었다. 물론 자신 역시 아내를 달처럼 대해왔다.

"무슨 생각하십니까."

"문득 아내 생각이 일어났네. 내가 태양이라면 아내는 달이 아닐까 하는."

"태양과 달이라고요."

"둘은 다른 듯 하지만 결국 하나 아닌가 하는 생각이 드는구 면."

"정말 못 말리겠습니다. 그나저나 저도 그렇지만 형님도 아버지와 형님께 골칫덩어리입니다."

"그 무슨 뚱딴지같은 소린가."

"형님과 제 일로 아버지와 형님이 곤란한 지경에 처하게 되니 그렇지 않습니까."

"하기야."

수양이 말하다 말고 잔을 비웠다.

"말이 나와 그런데 자네는 무슨 이유로 불교를 숭상하는가?"

"글쎄요, 숭상한다는 표현 보다는 그저 허전한 마음 달래기 위함 아닐는지요."

"효령 백부님처럼 말인가?"

"효령 백부님이야 의도적으로 불교를 숭상했지만 제 경우는 조금 다른 듯합니다. 그런데 형님은 무슨 이유로 불사에 매진하시는 겁니까?"

"아우가 효령 백부와 비슷한 경우라면 나는 어머니로부터 비롯되었다고 보아야 하지 않겠나."

"형님은 불교를 한풀이 차원으로 바라본다는 이야기로 들립니다."

"딱히 한풀이가 아니라 부처의 자비를 통해 한을 치료하자는 이야기지."

"결국 그게 그거 아닌가요."

"말이 그렇게 되나."

"그런데 제가 살피기에 형님은 다른 의도로 불교를 숭상하는 게 아닌가 하는 생각이 들고는 합니다."

"다른 의도라니."

"단적으로 말할 수 없지만, 효령 백부님과 저와는 다른 경우로 보입니다."

전환점에서

"여보."

나무 그루터기에 걸터앉은 아내가 살갑게 부르며 스마트폰을 건
넸다. 그 의미를 너무나 잘 알고 있던 터라 아무런 토를 달지 않고
스마트 폰을 받아들고 두 걸음 뒤로 물러났다. 그 짧은 순간 아내
는 포즈를 취하고 있었다.

아내의 표정을 살피며 샤터를 누르고 다시 한걸음 뒤로 물러나
샤터를 눌렀다. 그리고는 즉각 아내에게 스마트폰을 건넸다. 그 의
미, 이제 더 이상 찍사 노릇 않겠다는 의도를 아내 역시 잘 알고
있다는 듯 미소로 답했다.

아내는 사진 찍히기를 좋아했다. 사진에 별로 관심 없는 내게 그
와 관련하여 두 가지 이유를 들었다. 하나는 추억 만들기고 다른
하나는 자신의 외형의 변화를 기록으로 남기며 발전을 추구하겠다

는 의도였다.

그런 이유로 매년 한 번씩 아내와 함께 하는 여행을 앞두고는 아내에게 다짐받고는 했다. 이번 여행에서 사진 찍는 일은 가급적 삼가라고. 나의 요구에 아내는 선선히 응하지만 여행길에 오르면 매번 똑같았다.

"잠깐 쉬고 있어."

아내가 그러마고 답하자 정상 방향으로 걸음을 옮기기 시작했다. 그러기를 잠시 가파른 길을 오르기에 앞서 방향을 틀어 아내 곁으로 다시 걸어갔다.

"당신한테는 성에 차지 않잖아. 여기서 기다리고 있을 테니 좀 더 오르고 와."

"오늘은 그냥 당신하고 보조 맞추고 나 혼자 올 때 길게 타도록 하지."

말을 마치고 아내 앞에 섰다. 아내가 기다렸다는 듯 다시 스마트폰을 건넸다.

"사진이 예쁘게 나오지 않았어."

미소를 지으며 다시 방금 전과 똑같은 행동을 반복했다. 아내가 스마트폰을 받아들고 사진을 검색하더니 흡족한 표정을 지었다.

"이번에는 잘 나온 모양이지."

"한번 당신이 봐줘."

아내가 건넨 스마트폰에 찍힌 사진을 바라보자 별로 성에 차지 않았다.

"그래도 실물만 못하네."

"당신도 그렇게 생각하지."

그저 웃기만하고 아내 곁에 나란히 자리 잡았다.

"여보, 조선 초기 세 개의 종교가 있었잖아."

"그야 물론이지. 유교, 불교 그리고 도교잖아. 그런데 그건 갑자기 왜 물어?"

"유교를 숭상하는 조선 시대에 김시습도 그러하지만 수양대군 역시 불교에 심취했단 말이야. 그래 그 이유가 무엇일까 하는 생각이 일어났어."

아내가 잠시 생각에 잠겨 들었다는 듯 침묵을 지켰다.

"생각해보니 당신 말대로네. 또한 그 두 사람뿐만 아니라 효령대군도 그랬고."

"김시습 경우에는 유교의 한계를 절감하고 불교를 수용했는데 수양대군은 무슨 의도로 불교에 심취했을까."

아내가 즉답을 피하고 잠시 생각에 잠겨 들었다.

"효령대군의 경우는 권력과 멀어지기 위한 수단으로 불교에 심취했었다고 보여지는데."

"그야 이미 잘 알려진 사실이고."

짧게 답하자 아내가 다시 생각에 잠겨 들었다.

"여보, 혹시."

"혹시 뭐?"

"유교의 교리를 부정하고자 불교를 수용한 게 아닐까 하는 생각
일어나서."

이번에는 내가 잠시 생각에 잠겨 들었다. 유교의 교리에 의하면
수양은 군주에게 충으로 오로지해야 했다. 그런 경우라면 계유정
란은 어불성설로 비쳐졌다.

"당신 말이 그럴듯하네. 아니, 정확한 표현이라 생각 드네."

"어떤 의미에서?"

"종교의 탄생 사유 때문에 그렇지."

종교 탄생을 언급하자 기독교 신자인 아내가 대꾸하지 않았다.
아내의 눈치를 살피고는 가볍게 어깨를 감싸주었다.

"김시습과 수양대군이 불교를 수용한 일은 결국 현실을 인정할
수 없기 때문이 아닐까 하는 생각 문득 일어나네."

"방금 전 당신이 이야기한 종교 탄생 사유 그러니까 내가 교회에
다니는 이유에 그도 포함될 듯해. 물론 사후 세계에 대한 두려움
도 종교 탄생의 원인이 될 수 있지만 결국 현실생활에 대한 불안정
성으로 인해 종교가 탄생된 게 아닌가 싶어."

"무슨 말을 그렇게 하나!"

은근히 목소리를 높이자 아내가 눈을 깜박였다.

"왜 그래?"

"당신 말 액면 그대로 받아들이면 결국 내가 당신에게 신뢰를 주지 못한다는 이야기 아니야."

아내가 농임을 알아차리고 그저 웃기만 했다.

"어떻게 보면 수양대군과 김시습은 알게 모르게 닮은꼴이 아닌가 싶네."

"나도 이전까지는 그런 생각 못했는데 당신 말 들어보니 두 사람 간에 모종의 인연의 끈이 연결되어 있는 게 아닌가 싶어."

"그런데 두 사람이 불교를 수용한 이면을 살피면 정반대의 현상을 보이고 있어. 수양대군은 권력을 잡기 위해 그리고 김시습은 권력을 놓기 위한 수단으로."

"김시습을 권력 즉 정치와 연계시키는 일은 지나치지 않을까 싶은데."

아내가 조심스럽게 운을 떼었다.

"어떤 측면에서?"

"김시습은 권력 차원에서 바라볼 게 아니라 사상 내지는 문학적 측면으로 접근해야 옳을 듯해."

아내의 이야기를 듣고 잠시 생각에 잠겨 들었다. 김시습은 불교뿐 아니라 도교까지 수용하면서 유불선 삼교일치를 주창했다. 따로 놀 수밖에 없는 현실과 깨달음 사이를 연결시켜주는 매개체로 도교를 수용했던 터였다.

아울러 그가 주창한 삼교일치의 실체가 무엇인지에 대해 한동안 고민에 빠져들었던 적이 있었다. 그리고는 결론 내렸었다. 천지인 즉 하늘과 땅과 사람, 한 걸음 더 나아가 임금과 신하와 백성은 하나라는, 즉 상생이 그의 사상의 핵심이라고.

"그렇다면 수양대군은 사상가로 간주하면 안 된다는 이야기인가."

"그에 대해서는 확단할 수 없지만 내 입장에서 살피면 정략가 정도로 보이는데."

정략가를 되뇌며 아내를 바라보았다. 순간 서당개 삼년이면 풍월을 읊는다는 표현이 떠올랐다. 생각이 그에 미치자 슬그머니 웃었다.

"왜 그래?"

"당신 입에서 정략가라는 표현이 나와서 그러지."

"왜, 잘못된 표현이야?"

"잘못되어서가 아니라 제대로 표현했기에 그래. 그런데 왜 그런 생각하게 되었어."

"목표 즉 욕심이 있고 없고의 차이 아닌가 싶어. 수양대군에게는 임금이 되겠다는 목표가 있었지만 김시습에게는 어떤 욕심도 없었잖아. 수양대군은 임금이 되기 위해 불교를 이용한 경우라고 보아도 무방할 것 같은데."

"수양과 관련해서는 이해되는데 김시습은 정말 전혀 욕심을 가지지 않았을까. 욕심을 저버리면 인생이 무슨 의미를 줄까."

"그 문제는 내가 당신에게 묻고 싶은데."

아내가 되물었다. 아내의 질문에 가만히 김시습과의 관계를 떠올려보았다. 김시습과 정식으로 인연을 맺기 시작한 시기는 사단법인 매월당 문학사상 연구회의 요청으로 그의 일대기를 집필하면서부터였다.

그를 집필하면서, 그의 삶을 집중조명하며 빠져들기 시작했고 그와 관련된 여러 작품을 집필하면서 완전히 김시습의 삶에 매료되기에 이르렀다.

심지어 조선조 석학이었던 이율곡이 언급한 '전신정시김시습'(前身定是金時習, 내 전생은 김시습이었다)처럼 '내 전생 역시 김시습이었다'고 당당하게 언급할 정도다.

"김시습이 욕심이 없었다는 부분은 쉽사리 용인하기 힘들어."

"왜?"

"욕심을 버리면서 즉 마음을 비우면서 더욱 커다란 평안을 얻기 때문이지."

"당신 말이 말이 되네."

"김시습은 그걸 노린 듯해."

"그 이야기는 당신도 그렇다는 이야기로 들리는데."

말을 마친 아내가 슬그머니 팔짱을 껴왔다.

"당신 그거 알아?"

"뭐?"

"살면서 지금처럼 마음의 평안을 만끽했던 순간이 없었던 듯한 기분 말이야."

"글쎄, 나는 잘 모르겠는데."

"모르기는. 내 지난 시절의 삶 즉 경력을 훑어보라고."

내가 생각해도 내 지난 삶이 단순하지 않았다. 대학을 졸업한 이후 곧바로 정치판에 들어 15여 년을 보내고 다시 대학을 찾아들어 이후 15년은 소설가와 칼럼니스트로 글 쓰기에 오로지했다.

민주화가 채 완성되지 않았던 시기에 정치판에서 그리고 이후 소설가로서의 삶도 그러하지만 그 과정에서 발생했던 수 많은 일들은 일반 사람들의 상식으로는 감히 엄두도 내지 못할 터였다.

그리고 4년 3개월여 전부터 글은 잠시 소강상태를 유지하며 육체노동에 종사하고 있다. 이전까지의 삶이 머리를 굴리는 생활의 연장이었다면 지금은 머리보다는 육체에 의존하는 방식에 치중하고 있다.

그런데 참으로 흥미로운 점은 몸은 조금 고달파도 마음은 그렇게 평안할 수 없었다. 아마도 그 대목은 아내가 언급한 욕심의 문제로 귀결될 듯 했다.

"내가 생각해도 당신의 삶은 단순해보이지 않아. 그런데 이 나라에 당신처럼 삶을 이어온 사람이 있을까."

제 남편의 지난 시간의 상세한 흔적을 알 길 없는 아내 아니, 어렴풋이 추측할 수는 있는 가능성을 지니고 있는 아내가 생각해도 내 삶은 간단하지 않았다.

"아마도 없을 거야."

왕세손

"대군."

김수온과 하루의 일과를 마치고 퇴궐하는 중이었다. 뒤에서 낮지만 귀에 익은 목소리가 들려와 고개 돌렸다. 최근 중추원의 정3품 당상관 직인 첨지중추원사로 복귀한 전의 노중례가 잔잔한 미소를 머금고 바라보고 있었다.

"전의께서도 일찌감치 퇴궐하시는 모양입니다."

"어디 가실 데라도 있습니까?"

"딱히 갈 곳이 정해져 있지 않습니다만."

"그러시다면 저와 잠시 이야기를 나누심이 어떠할지요."

수양이 노중례의 표정을 읽었다. 뭔가 긴히 대화를 나눌 일이 있다는 감을 받았다.

"전의님이 아니라도 제가 청을 드려야 할 일입니다. 예서 제 집이 그리 멀지 않으니 그리 가도록 하시지요."

말을 마친 수양이 하인을 통해 대부인에게 기별을 전하라 명하고는 말에 올랐다. 그러기를 잠시 후 수양이 말에서 내려 노중례 곁에 섰다.

"왜 내리셨습니까?"

"스승님을 두고 먼저 갈 수는 없는 일이지요. 그리고 이 화창한 봄날 분위기를 스승님과 함께 즐겨보자는 속셈입니다."

"그냥 말 타고 먼저 가시지요. 저는 사이를 두고 천천히 따라가도록 하지요."

노중례가 정색하고 말을 받았다. 가만히 노중례의 표정을 살피며 말을 새겨보았다. 결국 남의 시선 끌지 말자는 의미로 읽혔다. 판단이 서자 수양이 다시 말에 올라 서두르지 않고 천천히 앞서 나갔다.

말을 타고 가면서 노중례가 긴하게 보자고 한 이유가 무엇인지 생각해보았다. 그의 업무와 연계시켜보았다. 어머니와 자신의 일로 좌천당했던 그가 다시 관직이 복구되어 병으로 골골하는 아버지와 형의 지근거리에서 거의 함께 시간을 보내고 있었다.

그렇다면 아버지와 형의 건강에 관한 문제가 아닐까 하는 생각이 일어났다. 순간 고개를 뒤로 돌렸다. 저만치에서 노중례가 흡사 자신의 길을 가고 있다는 듯이 전혀 서두르지 않고 있었다.

"갑자기 전의께서 어인 일로 방문하신답니까."

이런 저런 생각으로 대문 안으로 들어서자 대부인이 다가왔다.

"퇴궐하는 중에 우연히 만나 내 우리 집으로 초대했소. 그동안 마음고생이 너무 심하셨을 터인데 내 모른 척할 수 없었다오."

"그런데 왜 혼자 들어오셨습니까."

대부인이 대문 밖을 잠시 살피고는 의아한 표정을 지었다.

"남들의 시선을 무시할 수 없었소. 그래서 그분의 제안으로 내 먼저 왔다오."

"남들의 시선이라니요?"

"그 일은 전의께서 오시면 알게 될 듯하오."

대부인이 수양의 말의 의미를 알아챘는지 더 이상 묻지 않았다.

"부인, 잠시 후 함께 자리하겠소?"

"왜요, 그냥 두 분이 자리하시지 않으시고."

"아마도 전의께서 중요한 말씀을 전하시려 한 듯해서 그러오. 그리고 이제는 우리 둘이 함께 그림을 그려 나가야할 듯해서 그런다오."

"대군, 우리가 언제는 그러지 않았는가요."

마치 수양을 힐책하는 듯했다. 수양이 밭은기침을 내뱉고는 앞으로 다가가 대부인의 손을 잡았다.

"물론 그래왔지요. 그러나 이제부터는 철저하게 하나가 되어야 할 듯해서 그러오."

"당연한 일입니다. 그러니 대군은 손님 맞을 차비나 하시고 저는 마저 준비를 끝내고 합류하도록 하지요."

대부인이 물러나는 모습을 바라보며 대문가로 나섰다. 저만치서 노중례가 유유자적하며 걸어오는 모습이 시선에 들어왔다. 그가 걸어오는 모습을 세밀하게 바라보았다. 어딘가 전과는 달라보였다. 그의 걸음걸이에 힘이 빠져 있었다. 그를 살피며 가볍게 한숨을 내 쉬었다. 그 모습 바라보기 안쓰러워 수양이 대문을 나서 노중례 곁에 함께하며 사랑으로 들었다.

"아내가 급히 마련한다고 했는데 마음에 드실지 모르겠습니다."

소박하지만 정갈하게 술상이 차려 있었다.

"허허, 대군. 이런 진수성찬을 대한 지 오래된 듯합니다. 그저 감사할 따름입니다."

"그리 생각해주신다면 저는 물론 아내도 감사할 일입니다."

"그런데 대군, 술을 안주로 먹습니까. 정으로 먹는 게 아닌지요."

수양이 즉답을 피하고 잠시 침묵을 지키다 호탕하게 웃음을 터 트렸다.

"그야 물론이지요. 그런 의미에서 제 정을 듬뿍 담아 잔을 올리 겠습니다."

"대군, 그래서는 아니 될 일입니다. 제가 먼저 잔을 올려야지요."

수양이 호리병을 잡자 노중례가 급하게 손사래를 쳤다. 서로가 먼저 상대방의 잔을 채우고자 옥신각신하는 중에 대부인이 방으로 들어섰다. 그를 살핀 노중례가 급히 자리에서 일어나 대부인을 맞이하려했다

"아닙니다. 편히 자리하십시오."

대부인이 그의 소매를 잡고는 자리하도록 했다.

"그리하십시오, 스승님. 그래야 이 자리가 편하지 않겠습니까."

수양의 이야기, 단순히 인사하러 온 게 아니라 합석할 것이라는 의미를 노중례가 이해했다는 듯 고개를 끄덕이며 좌정했다.

"이렇게 하시지요. 첫잔이니만큼 이 집의 안주인인 제가 제 서방님의 스승께 잔을 올리도록 하고 이후는 두 분이 잔을 돌리시지요."

대부인의 제안에 노중례가 차마 마다하지 못하고 자세를 바로하여 잔을 들었다. 대부인이 조심스럽게 호리병을 들어 기울이자 잔에 술이 떨어지는 소리가 아름답게 들렸다. 수양이 마치 그 소리를 음미하듯 가만히 눈을 감았다 떴다.

"스승님, 제가 부인도 함께 자리하자고 권유하였습니다. 그래도 괜찮으시겠지요."

"당연합니다. 그리고 일전에 일에 대해 대부인께 늦었지만 감사의 말씀 전합니다."

노중례가 삭직되었을 당시 대부인이 정성스레 음식을 마련하여 보낸 일을 의미했다.

"당연히 해야 할 일이었습니다."

"그 당연한 일이 때로는 더 어렵지 않겠습니까."

"비록 아녀자지만 그 정도의 사리분별은 할 줄 압니다."

"내 부인에게 이실직고해야겠소."

노중례와 대부인의 대화에 수양이 끼어들었다. 그러자 대부인이 무슨 이야기냐는 듯 수양과 노중례의 얼굴을 번갈아 바라보았다.

"스승께서 일전에 이야기하셨소이다. 부인이 오히려 나보다 더 군왕의 자질을 겸비하였다고."

"예?"

대부인이 차마 믿기지 않는지 수양과 노중례의 얼굴을 번갈아 바라보았다.

"대부인, 진심입니다. 그런 이유로 저 역시 이 자리에 대부인께서도 함께 해주시기를 원했습니다."

"무슨 이유로 그리 생각하셨었는지요?"

"혹시 고려시대 인물인 김부식의 삼국사기를 접해본 적 있는지요?"

"송구합니다만, 그런 책이 있다는 내용은 알고 있지만 직접 접해보지는 못했습니다."

"혹시 태종 무열왕인 김춘추의 부인 이야기를 하시려는 겝니까?"

수양이 중간에 끼어들었다.

"그렇습니다. 김유신의 여동생으로 무열왕의 아내가 된 문희라는 여동생에 관해 이야기하려 합니다."

"그 여인이 누군지요?"

"길게 이야기하지 않겠습니다. 자신의 의지대로 남편을 선택하였고 후일 삼국통일의 초석을 다지도록 일조한 여인입니다."

순간 대부인의 얼굴이 발갛게 물들어갔다.

"스승께서는 그 일을 어찌 아시는지요."

"궁궐 내에 알만한 사람들은 모두 알고 있습니다."

애초에 수양대군의 배필감은 대부인이 아니라 그녀의 언니였다. 그런데 궁궐에서 감찰상궁과 보모상궁이 대부인의 언니를 간택하기 위해 찾아온 그날 주저하는 언니를 대신해 대부인이 나섰다. 처음에는 모두 당황했으나 당사자인 수양이 그를 쾌히 인정하고 받아들였던 터였다.

"그런데 그 일이 무어 그리 대단하다고…."

"지금의 조선 사회에서 그 일이 가당합니까."

"그 말씀은."

"당시 전하께서도 상당히 당혹스러워하셨었습니다. 여인의 행동으로는 인정하기 힘드셨던 게지요."

"그런데요?"

노중례가 답하지 않고 수양을 바라보았다.

"당시 아버지는 강 대 강은 위험하다고 즉 자신의 운명을 스스로 결정하는 부인의 성정과 내 성정은 화를 자초하리라 판단하셨소."

"그러면 대군께서."

수양이 답하지 않고 그저 웃기만 했다.

"이제 그 이야기는 이쯤에서 접고 스승께서 긴히 하실 말씀이 있는 듯한데 그 이야기나 들려주십시오."

수양이 정색하자 노중례가 본능적으로 고개를 돌려 문을 바라보았다.

"염려 마십시오. 지금 이 주위에는 집사 외에는 개미 새끼 한 마리 없습니다."

"단도직입적으로 말씀 드리겠습니다. 조만간에 전하께서 홍위 왕자님을 왕세손으로 책봉하시고자 합니다."

"그 이야기는 의정부에서 공공연하게 나돌고 있지 않습니까."

"그 중심에 누가 존재하느냐가 중요하지 않겠습니까?"

"중심에요. 그렇다면."

"모종의 계략이 숨겨 있다는 말씀으로 들립니다만."

"대부인 말씀이 옳습니다."

"그러면 그 일의 중심에 아버지…"

"전하께서도 그러하지만 세자 저하의 간곡한 청이 그 중심에 자리하고 있습니다."

"형님께서 그리도 서두르는 이유가 무엇입니까?"

수양이 반문하고 술잔을 비워냈다. 그리고는 엉겁결에 빈 잔을 대부인에게 건네고 술병을 들었다. 대부인이 마치 기다리고 있었다는 듯 빈 잔을 들고 수양의 행동에 보조를 맞추었다.

"시아주버니의 생명 줄이 잦아들고 있다는 이야기로 들립니다."

반문한 대부인이 자연스럽게 잔을 비워내고 수양에게 건넸다. 그 모습을 바라보던 노중례가 자신의 잔을 비우고 대부인에게 건넸다.

"제가 한잔 올려도 되겠습니까."

"주신다면 마다하지 않겠습니다."

대부인이 조금도 주저하지 않고 잔을 들자 노중례가 빈 잔을 채웠다.

"이러지 말고 부인 잔도 가져오지요."

"이 잔 비우고 그리 하렵니다."

잔을 비운 대부인이 자리에서 일어나 곁에 있던 장에서 잔을 꺼내왔다.

"실은 적적하면 아내와 함께 잔을 기울이고는 합니다."

수양의 말에 노중례가 가볍게 고개를 끄덕였다.

"최근에 전하와 세자 저하의 진맥을 살펴보았습니다."

세 사람의 빈 잔이 모두 채워지자 노중례가 낮은 목소리로 말을 꺼냈다.

"그런데요."

"방금 전 대부인의 말씀대로 두 분 모두의 생명 줄이 잦아들고 있음을 보고 드렸습니다."

"어느 정도입니까."

"전하께 남은 시간은 길게는 2년 정도로 추정되고 세자 저하 역시 아무리 길게 보아야 4년을 넘기기 힘들어 보입니다."

"결국 형님이 자신의 후사가 염려되어 아버지를 통해 의정부를 움직인 겝니다."

"아울러 의정부를 왕세손의 방패막이로 재편할 듯하옵니다."

"그 중심에는."

"물론 절제 대감입니다."

"김종서라."

수양이 잔을 들고 김종서를 되뇌며 잔을 비워냈다.

점괘

수양이 늦은 시간에 퇴궐하여 집 가까이 이르자 대문이 활짝 열려 있고 그 앞을 대부인이 서성거리고 있었다. 그 모습을 발견하자 걸음을 서둘렀다.

"부인, 왜 이러고 있소."

"왜라니요. 오매불망 대군을 기다리고 있었지요."

"그야 모를 리 없지만 그 이유가 무어요."

"실은 밤 공기가 너무나 맑아 대군을 핑계 삼아 그를 즐기고 있던 중입니다."

수양이 고개를 들고 코를 벌름거려보았다. 그를 살피던 대부인이 수양의 팔을 잡아끌었다. 잠시 의아한 표정을 짓던 수양이 대부인이 이끄는 대로 따라가자 연못가에 세운 정자에 도착했다.

잠시 정자를 바라보던 수양이 만면에 미소를 머금었다. 정자

한가운데 정갈하게 상이 차려있었다.

"대군과 함께 이 밤을 즐기려 조촐하게 준비하였습니다."

"허허, 이런 호사가 있나."

수양이 흡족한 표정을 지으며 자리하자 바로 곁에 대부인이 자리했다. 저만치서 임운이 주위를 살피고 있었다.

"무슨 일 있소?"

"그저 우리 둘만의 시간을 보내고자 집사에게 사람들을 멀리하라 하였습니다."

"우리 집인데 뭐…."

말하다 말고 수양이 의심의 눈초리를 보냈다. 대부인이 술병을 들고 수양의 앞에 있는 잔을 채웠다. 이어 손수 자신의 잔을 채웠다.

"실은 오늘 오후에 친정어머니를 모시고 점집을 다녀왔어요."

"점집에?"

"돈의문 밖에 있는 잘 알려져 있지 않은 점집인데 어머니께서 가끔 이용하시는 모양이더라구요."

"그런데 무슨 일로 점집을 찾았소."

"군이 노중례 전의의 말을 빌리지 않더라도 작금에 조정 흐름이 원활하지 않다는 감을 받았습니다."

"그래서 그를 확인하고 싶어 찾았다는 말이오?"

어머니를 밖에서 기다리라 하고 방에 들어서자 사람의 모습은 보이지 않고 방 한쪽을 가로지르고 있는 병풍이 시선에 들어왔다.

"문을 닫으시지요."

병풍 뒤에서 낮은 목소리가 들려왔다.

"앉으시지요."

병풍 뒤에서 들리는 소리에 따라 대부인이 보조를 맞추었다.

"말씀해보세요."

대부인이 잠시 호흡을 고르고 입을 열었다.

"요즘 들어 자꾸 한 가지 꿈을 꾸고는 합니다. 그래서 그 꿈이 무엇을 의미하는지 알고 싶어 이렇게 찾아뵈었습니다."

"한 가지 꿈이라고 하시면?"

"밝은 대낮에 태양빛을 고스란히 받으면서 밭에서 무엇인가를 찾고 있는 꿈입니다. 밭 주위는 여러 사람이 서성이고 있고요. 한두 번도 아니고 매번 그런 꿈을 꾸고는 합니다."

"태양이 환하게 내리쬐는 대낮에, 밭에서 말이지요?"

"그렇습니다."

잠시간의 침묵이 흘렀다. 그러기를 잠시 후 병풍 건너에서 목소리가 들려왔다.

"부인의 생년월일과 난 시를 알려주십시오."

모든 일이 기계적이었다. 얼굴도 볼 수 없고 목소리만 전해지는

데 그 목소리만으로 보아서는 상대방에 대해 전혀 감을 잡을 수 없었다. 어머니의 일처리가 야속하리만치 만족스러웠다.

정희가 자신의 생년월일과 난 시, 1418년 11월 11일 술(戌)시를 이야기했다. 상대방이 그를 적고 있는 모양이었다. 붓이 움직이는 소리가 미세하게 들려왔다. 오랜 시간 침묵이 이어지는 듯했다. 그도 그럴 것이 대부인의 호흡이 급격하게 가빠지고 있었다.

한 순간 병풍 너머에서 작은 소음이 들려오는 듯했다. 대부인의 목구멍에서 꼴깍거리는 소리가 들렸다. 그리고는 다시 침묵이 이어지고 있었다. 대부인의 등줄기에서 그리고 목뒤에서 땀이 흘러내리고 있었다. 거기에 더하여 현기증이 일어나는 듯했다. 순간적으로 눈앞이 아찔해졌다. 그것이 신호라도 된 듯 병풍 끝으로 하얀 한지가 모습을 드러냈다.

"한번 보시지요."

상대방의 목소리가 변했다. 방금 전에 들었던 그 목소리가 아니었다. 아니, 그 목소리에 힘이 잔뜩 들어가 갈라졌다. 대부인이 눈을 찔끔거리고 한지를 바라보았다.

순간 대부인의 눈에 하얀 한지 위에 쓰여 있는 세 글자가 들어왔다. '主'(주인 주) 두 글자와 '田'(밭 전)자였다.

"왕이 되실 분이십니다."

"예?"

잠시 호흡을 골랐다.

"누가 말입니까!"

왕이라는 말에 대부인의 목소리도 심하게 갈려 있었다.

"부인과 부인의 남편 되시는 두 분 모두 왕이 될 괘입니다."

목소리가 다시 정상을 찾은 듯이 차분하게 들렸다. 그러나 떨고 있었다. 대부인 자신이 심하게 떨고 있었기에 목소리가 그리 들리고 있는지도 몰랐다.

"자세히 말씀해주실 수 있겠습니까!"

힘들게 입을 열자 병풍 너머에서 가느다란 숨소리가 들려왔다. 목소리의 주인공이 상당히 호흡이 거칠어져있음을 느낄 수 있었다. 대부인이 본능적으로 주위를 둘러보았다. 지금부터의 이야기는 결코 다른 사람이 들어서는 아니 될 일이었다.

"지금 당장에 왕이 된다는 이야기는 아닙니다. 앞으로 두 명의 임금이 들어선 연후에 그리고 좌우를 물리치면 바로 왕이 되실 것입니다. 하오나…."

"시원하게 말씀해 주시지요!"

대부인이 급했다.

"일이 성공하지만 후가 상당히 시끄러워질 것입니다."

그가 말한 자세한 내용은 이러했다.

먼저 대부인의 생년월일과 난시를 풀이했다. 十一 月, 十一 日,

술(戌)時, 즉 11번째의 시간의 十一 셋을 합하면 주인 주(主)자가 두개가 형성된다. 따라서 두 사람 모두 주인의 위치에 오른다.

다음으로 '田'자를 분석했다. '田'자는 '日', 즉 태양이 두개로 이루어져있고 태양은 조선 왕조에서 바로 임금을 뜻했다. 그런고로 임금이 두 번 바뀐 연후에 정중앙에 위치한 '十'월에, '田' 자를 좌우에서 둘러싸고 있는 l들(신하들)을 제거하면 바로 '王', 임금이 된다.

또한 그리해서 임금의 자리에 오르지만 口(입 구)자가 네 개로 즉 말들이 많다. 말이 많음은 왕이 된 연후에 많은 우여곡절이 따를 것을 의미한다.

그가 언급한 내용을 종합해보면, 세종이 물러나고 유약한 왕세자가, 그 뒤를 이어 왕세자의 어린 아들이 임금의 자리에 올라선 그 시점에 수양이 보위에 오르는데 여러 사건이 발생할 것이라는 이야기였다.

"그쪽에서 부인을 알고 있는 게 아니오."

"대군 아내가 그리 허술한 사람 아닙니다. 그리고 설령 그 사람이 저를 안다한들 그를 발설할 수 있겠습니까."

"하기야, 목이 여러 개가 아닌 이상 그렇게는 못하겠지."

말을 마친 수양이 잔을 들어 대부인의 잔에 가볍게 부딪쳤다.

순간 대부인도 잔을 들고 두 사람이 동시에 잔을 비웠다.

"부인, 정령 그것이 나와 당신의 운명이라면 어찌해야 좋겠소."

"정해진 운명이라면 거역할 수 있는 문제가 아니지 않습니까. 그러나 이 일은 운명 이전에 시대의 흐름이라는 관점에서 바라보아야 할 일 아닌지요."

수양이 시대의 흐름을 되뇌었다. 지금 아버지와 형이 건재하고 있지만 두 사람이 모두 죽고나면 나이 어린 홍위는 혈혈단신에 처해지게 된다. 비록 두 사람이 충신들에게 일정 부분 소임을 맡기겠지만 결국 신하는 신하에 불과할 따름이다.

"부인, 태종 할아버지의 일을 알고 계시오."

"알다마다요. 정도전 일당이 나이 어린 방석을 세자로 내세워 권력을 차지하려고 했던 일이 화근이 되었지요. 그런데 그 일은 새삼스럽게 왜 꺼내십니까."

"방금 운명을 이야기했는데 운명 이전에 역사는 돌고 돈다는 말이 순간적으로 떠올랐다오."

"그런 경우 향후 왕세자에게 정도전은 누가 될까요."

"현 상황을 살필 때 정도전의 역할을 할 인물은 단 한사람밖에 없지 않겠소."

"혹시 절제 대감을 이르십니까."

"부인이 그 정도까지 깊숙이 바라보고 있소."

"일전에 노 전의께서도 그리 언급하시지 않았습니까."

수양이 대부인의 손을 잡았다. 대부인이 기다리고 있었다는 듯 수양이 잡은 손을 다른 손으로 부드럽게 감쌌다.

정사

저녁 무렵이 되어 수양이 퇴궐을 서둘렀다. 궐에 들자마자 전의
인 노중례가 저녁에 자신이 일전에 거처했던 집, 노중례가 삭직되
어 머물렀던 병암동을 방문해달라는 요청을 받은 터였다.

궐을 나서자 집사인 임운이 말을 대기하고 기다리고 있었다. 임
운에게 노중례와의 만남을 이야기하고 곧바로 집으로 가서 대부인
에게 전하라 하고는 홀로 말에 올랐다. 말에 올라 천천히 말을 몰
아갔다.

어느 순간 고개 돌려 뒤를 바라보았다. 경복궁의 모습이 천천히
시야에서 사라지고 있었다. 그 모습을 바라보자 이상한 마음이
일어났다. 정녕 궁궐의 주인은 자신이 아니지 않을까 하는 생각이
었다.

문득 며칠 전 일, 아버지께서 어린 조카 홍위를 왕세손으로 중외에 반포하기 바로 전날 저녁의 일을 떠올렸다. 동생 안평과 함께 아버지의 호출을 받고 편전에 들었었다. 아버지께서 자신과 안평을 부른 사유를 대충 짐작하고 편전에 들자 예상대로 홍의의 왕세손 임명을 공식화하겠다는 이야기를 주었다.

아울러 수양과 안평 특히 수양을 중심으로 왕자들을 규합하여 조카의 안위에 각별하게 신경써달라는 요지의 언급을 했다. 돌려 이야기하자면 수양이나 안평 모두 권좌에는 얼씬도 하지 말라는 일종의 경고였다.

두 사람 모두 아버지 말씀에 절대복종하겠다며 궐을 나서자 안평이 궐밖에 한적한 술집으로 수양을 이끌었다.

"형님은 어떻게 생각하십니까?"

술집에 자리하자마자 안평이 입을 열었다.

"무얼 말이야?"

"굳이 아버지께서 저와 형님에게 조카의 왕세손 임명을 통보한 일이지요."

"그게 왜 나 때문이냐. 순전히 아우 때문이지."

"무슨 말씀입니까."

"아우에게 군왕의 기질이 다분하니, 자네에게 경고한 게지."

"형님, 농이 지나치십니다."

안평의 목소리가 절로 올라갔다. 순간 왕자인 두 사람의 존재를 잘 알고 있던 선술집 주인이 긴장된 표정을 지으며 둘을 주시했다.

"농이라니 이 사람이. 자네가 잘 생각해보게."

"생각하고 말고 할 일이 아니지 않습니까. 제가 무슨."

"그러면 아버지께서 굳이 나를 부른 이유가 무엇이라고 생각하는 겐가."

"그러면…, 형님에게 저를 경계하라는…."

안평이 잠시 침묵을 지켰다가는 입을 열었다.

"그런 이유가 아니라면 아버지께서 굳이 나를 부르지 않았을 터 아니냐."

안평이 다시 생각에 잠겨 들었다는 듯 표정이 진지했다.

"그러니 앞으로 조심하라고. 괜히 패거리 지어 돌아다니지 말고."

안평이 근자에 들어 황보인, 김종서 등 조정 대신들과 자주 어울리는 일을 의미했다.

"내가 그 사람들과 어울리는 일은 권좌를 넘보기 위해서가 아니라 공고히 하기 위해서인데."

"그건 자네 생각이고. 아버지와 형님은 그리 생각하시지 않는 게지."

안평의 떨떠름한 표정을 생각하며 쓴웃음을 짓는 사이 혜화문을 벗어나고 있었다. 주위를 둘러보았다. 저만치 삼각산이 병풍처럼 둘러싸여 있었다. 그래서 동네 이름이 병암동이 아닌가 하는 생각을 머금으며 말에 박차를 가했다.

얼마 지나지 않아 초여름의 더위 탓으로 말이며 수양이 지쳐갈 무렵 노중례의 사가에 도착했다. 말에서 내리자 기척을 느꼈는지 노중례가 노구를 이끌고 대문가로 나섰다. 그의 안내로 잠시 우물가에서 손이며 얼굴을 닦고 그가 안내한 방으로 들었다.

마치 신혼방처럼 깨끗하게 단장된 방 가운데 주안상이 놓여 있었다. 수양이 놀라는 표정을 지으며 노중례를 주시했다.

"대군의 울적한 마음을 함께 나누어 보고자 자리를 마련하였습니다."

"울적하다니요, 오히려 홀가분합니다."

"그러시다면 천만 다행입니다. 그렇다면 홀가분한 마음으로 자리하시지요."

수양이 만면에 미소를 머금고 자리하자마자 술병을 들자 노중례가 잠시 수양의 행동을 저지시키고 문가로 가서 밖을 향해 뭔가를 지시하고 자리했다.

"대군께서 울적할까보아 술 따를 아이를 준비시켜 놓았습니다. 그 아이가 들어오면 시작하도록 하시지요."

"허허, 이곳에서 술 따를 아이를 말입니까!"

노중례로부터 의외의 말이 흘러나오자 수양이 너털웃음을 터트렸다.

"왜요, 불편하십니까?"

"제 마음이 울적하다면 그럴 수도 있지만 홀가분하니 오히려 금상첨화 아니겠습니까."

"그렇다면 다행입니다."

그 순간 밖에서 인기척이 들리며 문이 열렸다. 수양의 시선이 향한 그곳에 소박하게 차려입은 여인이 다소곳하게 고개 숙이고 있었다.

"어서 대군 곁에 자리하도록 하게."

수양이 잠시 머뭇거리다 자신의 곁으로 다가서는 여인을 바라보았다. 순간 묘한 느낌이 일어났다. 미모는 그다지 뛰어나지 않지만 몸 전체에서 색의 기운이 감지되고 있었다. 수양의 가슴이 울렁거렸다.

"소녀 수연이라 하옵니다."

"내의원에 근무하는 아이로 평소 대군을 흠모하던 터라 이 자리에 오도록 하였습니다."

수양이 내의원을 되뇌며 곁에 자리한 여인의 옆모습을 주시했다. 이제는 가슴이 아니라 가운데가 움직이기 시작했다. 그러다 한순간 수양이 자신의 이상한 모습에 잠시 움칠거렸다. 그리고 다시 여인의 옆모습을 주시했다.

그 순간까지 많은 여인들을 상대했다. 미모가 특출한 여인 또 춤과 노래와 혀로 사람을 녹이던 수많은 여인들을 상대해보았지만 자신의 곁에 자리한 여인은 그들과는 전혀 다른 느낌을 주고 있었다.

"어서 대군께 한잔 올리게."

노중례의 언급에 수양이 정신을 차렸다. 그 짧은 순간 잠시 꿈을 꾼 듯했다.

"아니네, 스승께 먼저 잔을 올리게."

"대군, 대군께서는 이 집 손님이십니다. 그러니 먼저 받으시지요."

술병을 들고 있던 수연이 두 사람을 번갈아 바라보다 자세를 바로하고, 수양을 정면으로 바라본 상태에서 무릎을 꿇고 수양의 잔을 채우기 시작했다. 잔으로 쫄쫄거리며 술이 떨어지는 소리에 술이 수연의 아담하기 이를 데 없는 가슴골을 타고 흐르는 듯했다.

"자, 한잔 들이키시지요."

노중례의 제안에 수양이 다시 정신을 차렸다. 이미 노중례의 잔에도 술이 채워져 있었다.

"자네도 한잔 어떤가."

수양의 목소리가 심하게 갈려 있었다.

"소녀는 술을 마시지 못합니다."

"허허, 그러지 말고 받기라도 하게나."

"그러시다면."

수연이 방금전처럼 자세를 취하자 그녀의 가슴골이 다시 정면으로 들어왔다. 크지도 작지도 않은 그녀의 유방이 눈에 보이는 듯했다. 수양이 마른 침을 삼키고는 수연의 잔을 채웠다.

"내 오늘 자네의 원을 풀어주었으니 성심성의를 다하여 대군을 모셔야 하느니라."

잔을 비우자 노중례가 자리에서 일어나며 수연을 바라보았다.

"스승께서 벌써 자리를 물리려 하십니까!"

"오늘은 이 늙은이에게 기를 빼앗기지 마시고 이 아이로부터 기를 취하십사 마련한 자리입니다. 그러니 저는 이만 자리를 물리렵니다."

수양이 미처 말릴 겨를도 없이 노중례가 노구가 무색할 정도로 급히 자리를 물렸다. 잠시 멍하니 그의 뒷모습을 바라보다 문이 닫히자 수연을 주시했다. 싱숭생숭했던 마음에 불이 붙은 듯했다.

"수연이라 했더냐."

"연꽃 연의 연자이옵니다."

수에 대해서는 언급하지 않았다.

"그렇다면 수는 머리 수를 쓴다는 이야기인데."

수연이 가볍게 고개를 끄덕였다. 수양이 가만히 수양과 수연을 되뇌었다.

"대군 마님, 잔이 비었습니다."

수연이 다시 자세를 바로 했다. 수양이 즉각 빈 잔을 들고 수연의 얼굴과 몸 전체를 찬찬히 살펴보았다. 방금 전에는 노중례의 존재로 인해 상세하게 살피지 못했는데 이상하게도 자신의 몸 반쪽이 아닌가 하는 생각이 머리를 휘감았다.

"내 비록 자네를 처음 대하지만 이상하게도 처음이 아닌 듯한 생각이 드는구나. 마치 오랜 기간 자네와 함께 지냈던 듯하네."

"그리 생각해주신다니 소녀 몸 둘 바를 모르겠사옵니다."

수양이 크게 한숨을 내쉬고는 잔을 들었다.

"자네도 한잔 하게나."

수연이 수양의 제안에 잠시 머뭇거리다 조심스럽게 술잔을 들었다. 수양이 수연의 잔에 가볍게 잔을 부딪쳤다. 그러기를 잠시 후 잔을 비우던 수연이 사레가 들렸는지 몸이 기울며 거세게 기침하기 시작했다.

수연의 입에서 튀어나온 술이 수양의 상반신으로 향했다. 수양이 채 마시지 못한 술잔을 급하게 내리고 앞으로 기울어진 수연의 양 어깨를 잡아당겼다. 두 사람이 자연스럽게 포옹하는 자세를 이루었다.

그러기를 잠시 후 수연이 수양의 몸에서 떨어져 자세를 바로하고 무릎을 꿇었다.

"대군 마님, 용서하여 주십시오."

묘한 일이었다. 수연이 애처로운 표정을 보이자 가슴이 두방망이질 해대기 시작했다. 수양이 가만히 수연의 양손을 잡았다.

"아닐세, 마시지 못하는 술 억지로 권한 내 탓일세. 그러니 자세를 편히 하게."

수연이 잠시 주저하다 자세를 바로하고 곁에 자리하자 수양이 왼팔을 뻗어 그녀의 어깨를 감쌌다. 이어 오른손으로 그녀의 왼손을 잡았다.

"이런 경우를 어떻게 설명해야 하나."

"무슨 말씀이신지요."

"방금 전에도 비슷한 말 했지만 자네를 보는 순간 나의 반쪽이 아닌가 하는 느낌이 강하게 치솟았네."

수연이 대답 대신 상반신을 수양의 가슴에 밀착시켰다.

"소녀 역시."

"말해보거라."

"대군 마님과 똑같은 생각을…"

수양의 입이 수연의 입을 막은 관계로 다음 말은 이어지지 못했다. 그러기를 잠시후 수양이 술잔을 들어 남아 있던 술을 마셨다. 수연이 급히 안주를 챙겨 수양의 입으로 가져갔다.

"그러나 저러나 이제 어찌할 텐가?"

"무슨 말씀이시온지요."

"술로 젖은 이 옷을 그대로 입고 있을 수는 없는 일 아닌가."

"소녀 어찌하여야 하는지요."

"오히려 내가 묻고 싶네."

"무슨 말씀이신지."

"이런 나를 자네는 어찌해주고 싶으냐 이 말이야."

"대군 마님, 소녀 대군 마님께서 하라시는 대로 하겠사옵니다."

"내 말은 그게 아니지. 내 반쪽인 당신이 하고 싶은 대로 하라는 말이지."

수연이 잠시 주저하다 손을 뻗어 천천히 수양의 윗옷을 벗기기 시작했다. 그녀의 가슴골이 수양의 입 바로 앞까지 다가오고 있었다. 순간 수양의 목으로 마른침이 넘어가고 있었다.

작은마누라

　수양이 퇴궐하여 집에 도착하자 하인들이 바삐 움직이고 있었다. 의아한 생각이 들어 임운을 찾았다.

　"무슨 일이냐."

　"대부인 마님의 손님이 오셔서 그 일로 바쁘게 움직이고 있습니다."

　"부인에게 손님이라. 혹시 처가에서 온 사람이 아니냐."

　"처가는 아닙니다."

　"그렇다면 누구란 말이냐."

　"자세한 관계는 저로서도…."

　대부인의 손님이라면 임운이 아는 게 이상하다는 생각으로 수양이 사랑으로 이동했다. 방에 들자 갑자기 허전한 생각이 일어났다. 그 생각에 그냥 벌렁 자리에 누웠다.

자리에 누워 천장을 바라보자 불현듯 며칠 전 만났던 수연의 모습이 그려지고 있었다. 문득 그 날 밤, 수연을 처음 만나 밤을 지새웠던 일이 떠올랐다.

"대군 마님!"

길고 긴 격랑의 시간이 지나자 수연이 수양의 품을 파고 들었다. 수양이 수연을 뼈가 으스러져라 힘껏 안았다. 삼라만상이 품 안에 들어온 듯한 전율이 온몸을 감싸고 있었다.

"수연아."

수연의 눈물을 손으로 훔치며 부르는 소리에 사랑이 듬뿍 담겨 있었다.

"예, 대군 마님."

"이후부터는 대군이란 칭호 대신 나를 여보라 부를 수 있겠느냐."

"예?"

수연이 수양의 품안에서 잠시 움찔거렸다.

"돌리지 않고 바로 이야기하마. 나의 첩 즉 아내가 되어 줄 수 있겠느냐."

수연이 즉답 대신 수양의 가슴을 손으로 만지작거렸다.

"왜, 싫으냐."

수연이 대답 대신 수양의 품에서 빠져나와 몸을 일으켜 세웠다.

미풍에 흔들리는 촛불에 수연의 고혹적인 전라가 시샘을 받고 있었다. 작지만 아담한 몸 전체가 수양의 마음을 헤집고 있었다.

그를 바라보자 방금 전 상황이 무색하게 다시 가운데에 힘이 들어가고 있었다. 아니, 수연과의 방금 전 관계로 인해 힘이 오히려 새로이 돋아난 듯했다. 슬그머니 자신의 가운데를 바라보았다.

"대군 마님, 아니 여보. 소녀 정식으로 인사드리옵니다."

말을 마친 수연이 수양을 향해 큰절을 올리기 시작했다. 그를 바라보던 수양이 자리에서 일어나 엎드려 있는 수연을 일으켜 세웠다.

"고마우이, 수연이. 아니, 여보."

말은 그리했는데 수연과 마주한 가운데 물건은 수연을 배척하기라도 하듯 힘이 들어가고 있었다. 그를 거부하듯 수양이 더욱 더 수연을 끌어당겼다. 그럴수록 가운데는 자꾸 수연을 밀쳐내고 있었다.

"오히려 제가 고맙지요. 이제부터는 대군을 위해 목숨까지 바치도록 하겠습니다. 그런데."

"그런데라니!"

"대부인 마님께서 저를 받아들이실지 그게 궁금하옵니다."

수양이 아차했다. 수연과 보낸 달콤하기 그지없는 순간으로 인해 미처 그 생각을 하지 못했었다.

"대부인에게는 내가 자세하게 말하도록 할 터이니 전혀 걱정하지 않아도 돼."

수연이 대답 대신 수양의 가운데를 자신의 몸으로 받아들이기 시작했다. 그날 수양과 수연의 사랑행위는 새벽녘까지 이어졌었다.

"대군 마님. 대부인 마님께서 내실로 모셔오라는 전갈을 주셨습니다."

한창 수연과의 잠자리에 대한 생각에 몰두하고 있는 순간 밖에서 임운의 목소리가 들려왔다. 그 소리에 자리에서 일어나자 아차했다. 자신의 가운데가 분기탱천하고 있었던 때문이었다.

"손님은 가셨느냐?"

"지금 손님과 함께 대군 마님을 기다리고 계십니다."

순간 묘한 기분이 일어났다. 처가 쪽 사람들이 아닌 대부인의 손님이라면 당연히 여자일 터인데 함께 기다리고 있다고 했다.

"내 의관을 정제하고 곧 갈 테니 그리 전하거라."

대부인을 떠올렸다. 대부인에게 수연과의 관계에 대해 이야기할 터였다. 오늘밤 손님이 돌아가면 그에 대해 이야기하고자 하는 마음으로 크게 한숨을 내쉬었다. 아래를 바라보았다. 서서히 힘이 빠지고 있었다.

내실에 다가서자 댓돌에 보지 못했던 여자의 신발이 앙증맞게 자리하고 있었다. 그를 바라보며 헛기침하자 잠시 후 방문이 열리면서 대부인이 모습을 드러냈다.

"어서 안으로 드시지요."

대부인의 안내로 방에 들어서자 화려한 차림의 여인이 다소곳이 고개 숙이고 있었다. 가만히 그녀의 얼굴을 주시하다 바짝 긴장했다. 오매불망 그리워하던 수연이 미소를 머금으며 고개 들고 있던 때문이었다.

"소녀가 대군 마님을 뵈옵니다."

"자네가!"

수양이 눈을 동그랗게 뜨고 대부인과 수연의 얼굴을 번갈아 주시했다.

"어서 자리하시지 않고 왜 그러고 계십니까."

자리하라는 대부인의 얼굴을 바라보았다. 조금도 표정 변화가 보이지 않았다.

"왜 그러시는가요."

이번에는 대부인이 만면에 비소를 머금으며 입을 열었다. 그럼에도 불구하고 수양은 차마 입을 열 수 없었다. 가만히 상황을 정리해보기 시작했다. 대부인이 자신의 외도를 알고 있다는 사실은 확실했다.

"이렇게 둔한 분이시라니까."

대부인이 수연에게 미소를 보냈다. 수연 역시 대부인에게 미소를 보이고 있었다. 순간적으로 두 사람이 알고 있는 관계가 아닌가 하는 의심이 일어났다.

"부인 혹시."

"어서 자리나 하세요. 그리고 자네는 대군께 정식으로 인사드리도록 하게."

"소녀, 정식으로 대군께 예를 올립니다."

수양이 어색한 자세로 자리하자 수연이 몸을 가지런히 하고 수양에게 큰절을 올렸다. 대부인이 수양과 수연을 번갈아 바라보며 미소를 보내고 있었다.

"자네도 이제 자리하게."

수연이 예를 마치자 대부인이 자신의 곁으로 수연을 이끌었다. 수연이 여름날에 어울릴 듯 얇은 비단으로 지은 옷을 팔랑이며 대부인 곁에 자리 잡았다. 순간 이름 모를 향기가 수양의 코끝을 파고들고 있었다.

"다 알고 있으니 너무 심려 마세요. 그리고 자네는 낭군께 술 한잔 올리게."

낭군이라는 소리에 수양이 멍한 표정을 지으며 잔을 받았다.

"형님께도 한잔 올리겠습니다."

수양의 잔을 채운 수연이 대부인을 가리켜 형님이라 호칭하자 수양이 두 사람의 얼굴을 번갈아 바라보았다. 잔을 받은 대부인이 태연하게 수연의 잔을 채웠다.

"부인, 이제 그만 놀리고 일의 자초지종을 말하세요."

"대군, 아우를 만난 날 드신 음식을 생각해보세요."

"음식이라."

수양이 음식을 되뇌며 가만히 그날을 떠올렸다. 수연에게 혼이 빠져 미처 자세하게 살피지 못했는데 상차림하며 준비된 음식들이 상당히 낯에 익었었다.

"그러면 그 음식들은 부인이."

수양이 말을 멈추고 자신의 허벅지를 손으로 내리쳤다.

"어쩐지 상차림하며 음식들이 낯설지 않다 했는데."

"그런데 아우에게 혼이 빠져 미처 그를 느낄 겨를이 없었고요."

대부인이 수양의 속내를 읽고 있는 듯했다.

"그러면 전의께서는 어찌 연루된 게요."

대부인이 미소를 지으며 일의 전말을 설명하기 시작했다. 일의 시작은 왕세손 축하연으로 거슬러 올라갔다. 축하연에 참석한 대부인이 무희로 등장한 수연에게 관심이 이어지고, 수연이 박중림의 여식으로 내의원에 근무한다는 사실을 알고 노중례를 통해 접촉했다.

이어 그녀를 설득하여 수양의 첩으로 들이기로 작정하고 노중례와 사전에 협의하여 그날을 연출했다. 또한 수연을 맞이하기 위해 방금 전에 내실과 멀리 떨어지지 않은 곳에 조촐하게나마 거처를 마련하였다고 했다.

"부인, 정말 고맙소. 그런데 왜?"

"왜일 것 같은지요."

대부인이 시선을 수연에게 주었다. 수양의 시선 역시 수연을 향했다.

"이제 그만 놀리고 속 시원히 말해보세요."

"왕세손 축하연이 열리던 날이었습니다. 그 자리에서 외아들인 왕세손을 바라보자 문득 아들을 더 낳아야겠다는 생각이 일어났습니다."

수양이 침묵을 지키며 대부인의 입을 주시했다.

"그런데 대군과 저 사이에는 오랜 기간 아기가 들어서지 않고 있지 않습니까."

"그래서 수연을 통해 아들을 얻고자 한다는 말이오."

"또 있지요. 대군께서 아우에게 오로지하며 다른 이들에게 권력에는 관심 없다는 인상을 각인시켜 주어야지요."

대부인이 말을 마치고 수연의 손을 잡았다. 수양이 두 사람을 바라보며 비교해보았다. 두 사람의 나이 차는 일곱밖에 나지 않는데 외양은 상당한 차이를 보이고 있었다. 대부인이 중후한 모습을 보이고 있는 반면 수연은 막 피어나고 있는 가녀린 꽃을 연상시켰다.

"대군, 대군의 아내요 제 아우가 된 이 여인을 환영하는 의미에서 잔을 드시지요. 아우는 그저 시늉만 내도록 하게."

수양이 마치 꿈을 꾸고 있는 듯한 표정으로 잔을 들고는 두 여인을 번갈아 바라보았다.

"그렇게도 좋으세요."

"내 그렇지 않아도 오늘밤 부인에게 이실직고하려 했었는데 일이 이렇게 되었소."

"정말인가요?"

"내 자네에게 약조하지 않았던가."

가만히 침묵을 지키고 있던 수연이 미소 지으며 입을 열자 수양이 대부인을 바라보며 쉬죽은 듯한 목소리를 내었다.

"이제 그 이야기는 접고 대군은 이 시간부터 아우를 정식 아내로 맞이하도록 하시지요."

수양이 바라던 바였다. 대부인의 말 한마디에 앓던 이가 빠지듯 시원한 느낌이 가슴을 파고 들었다.

"소녀, 대군 마님과 대부인 마님께 조금도 누가 되지 않도록 성심성의를 다하겠습니다."

"당연히 그리해야지. 그리해야 하고 말고."

대부인이 미소를 지으며 수연의 손을 어루만지자 수연이 몸을 대부인에게 기울였다. 수양이 그 모습을 바라보며 손수 술을 따라 잔을 기울였다.

"대군, 그러시면 아니 되지요. 아우는 자리에서 일어나 대군 곁에 자리하도록 하게."

수연이 무슨 의미인지 모르겠다는 듯 눈을 동그랗게 떴다.

"일전에 일도 있지만 오늘이 두 사람의 공식적인 첫날 밤 아닌가. 그러니 아우가 대군 곁에서 술을 따라드려야 도리지."

궁합

"대군, 오랜만에 뵙습니다."

수양이 한창 수연과 사랑 행위에 빠져 있을 무렵 장인인 윤번이 생을 달리했다. 소식을 접하자 곧바로 처가로 향하고자 했는데 대부인의 만류로 잠시 뜸을 들이다 처가를 찾았다. 처가에 들어서자 손위 동서인 한계미가 다가왔다.

"언제 오셨소?"

"장인께서 상태가 좋지 않아 여러 날 처가에 머물고 있었습니다."

"이러니 처가에서는 나보다 형님을 더 좋아하지 않을 수 없지. 아니 그렇소, 처남?"

"그럴 리 있습니까. 아버지께서는 생전에 두 분 모두 항상 귀한 손님 대하듯 하라 하셨습니다."

맏상제인 윤사분이 엄숙한 표정으로 말을 잇자 아우들인 사윤,

사흔이 고개를 끄덕였다. 그들의 초췌하기 이를 데 없는 표정을 살피고는 수양이 곧바로 예를 올리고 한계미의 안내로 자리를 물렸다.

"형님, 이제 오시는 게요."

언제 왔는지 안평이 술잔을 기울이고 있었다. 안평과 함께 하고 있는 사람에게 시선을 주었다.

"대군을 뵈옵니다."

시선이 마주치자 성삼문이 자리에서 일어나 수양을 맞이했다.

"수찬께서도 일찍 오셨습니다. 자, 자리하도록 합시다."

수양이 안평 곁에 자리 잡자 한계미가 자연스럽게 성삼문 곁에 자리했다.

"왜 이렇게 늦으셨습니까. 혹시."

"혹시라니."

안평이 의심의 눈초리를 보내자 수양이 대수롭지 않다는 듯 말을 받았다.

"형님에 관한 소문이 장안에 자자합니다."

"무슨 소문 말이냐."

"작은마누라 품에서 헤어 나오지 못하고 있다 합디다."

수양이 대꾸하지 않고 그저 웃기만 했다.

"형님 표정을 보니 진짜 그런 모양입니다."

"아우, 이런 자리에서 그 무슨 소린가. 아니 그렇소, 수찬."

"무슨 말씀이신지 저로서는…."

"제 형님은 눈코 뜰 사이 없이 바빠 저간에 사정에 대해 잘 알지 못하고 있습니다."

"수찬이야 여자 보기를 돌처럼 대하니 일부러 그런 사실에 대해 회피하는 게지요."

한계미가 안평을 바라보며 입을 열자 안평이 슬그머니 수양을 바라보았다.

"이제보니 아우가 광고하고 다니는 게 아닌가."

"그게 무슨 말씀이십니까?"

"아우 때문에 수찬도 알게 되지 않았느냐 이 말이네."

"생각해보니 그렇네요."

안평이 슬그머니 수찬을 바라보다 무슨 생각이 일어났는지 수양을 주시했다.

"왜 또 그러는가."

"일전에 형님이 하신 말씀이 불현듯 생각나서 그럽니다. 형수님을 너무도 사랑하기에 형수님만 오로지하겠다 말씀하시지 않았습니까."

"그거야."

수양이 말하다 말고 한계미를 주시했다.

"제가 알기로는, 제 처 이야기에 의하면 내군의 작은 부인 일은 대부인께서 주선하셨다고 합니다."

"내 형수님이?"

"그렇게 알고 있습니다."

안평의 시선이 다시 수양에게 향했다. 저간의 사정에 대해 설명해보라는 투였다.

"그런데 아우, 자네 내 형님에게 반말해도 되는가."

"그야 나이도 어리고 그런데…."

안평이 말하다 말고 모두의 얼굴을 번갈아 바라보고는 헛웃음을 날렸다

"그러니까 한 부사는 형님의 형님뻘이고 또 수찬은 한 부사의 고종사촌 형이고 나는 형님의 동생이고…."

"그만하게나."

안평이 다시 헛웃음을 짓자 수양이 제동 걸었다.

"그건 그렇고 형수님이 직접 주선했다는 말이 사실입니까."

"그렇게 의심스러우면 자네가 직접 형수에게 물어보게."

"그런 일로 뭐 형수께. 그나저나 작은 형수님이 그리도 좋습니까."

"대군, 제가 그리도 좋습니까."

"여보라 부르라고 해도. 여하튼 이런 경우를 좋다는 말로 표현해

야 하는지는 모르겠으나 자네가 내 반쪽인 건만은 확실하구나."

"반쪽이라 하시면."

수양이 대답하지 않고 의자에 앉아 수연을 자신의 가운데로 이끌었다. 수연이 마치 기다리고 있었다는 듯 수양의 다리에 올라 앉아 수양의 가운데를 자신의 몸에 삽입시켰다.

"이게 온전한 하나 아니겠느냐."

수양이 자연스럽게 하나가 된 부분을 바라보며 가녀린 수연의 허리를 감싸 안았다. 수연의 시선 역시 하나가 된 부분으로 향했다.

수연이 서서히 수양의 다리 위에서 들썩이기 시작했다. 수연의 얼굴을 가만히 바라보았다. 콧구멍이 벌어지고 입에서는 가느다란 신음이 흘러나오고 있었다.

수연과 함께하면서 참으로 신비한 느낌이 일어났다. 그녀를 보기만 해도 전혀 화장도 하지 않는 그녀로부터 묘한 향기가 흘러나왔고 가운데가 즉각적으로 반응했다. 그리고 한창 성교에 매진하다 결정적인 순간에 임박하면 뜨거운 기운이 자신의 가운데로 쏟아부어져 가운데를 진정시키고 또 다시 전력투구하여 그 순간에 이르면 다시 그와 같은 일이 반복되고는 하여 생활 자체에 성교가 함께했다. 그뿐만 아니었다. 혹시라도 성교를 마무리하게 되면 뿌듯한 느낌과 함께 새로운 기운이 솟아났다.

"한잔 드시고 자세를 바꾸어보시겠어요?"

뜨거운 기운이 가운데를 어루만지자 수연이 그 자세에서 가쁜 숨을 몰아쉬며 바로 옆 탁자에 비치되어 있던 술을 수양에게 건넸다. 수양이 자신의 눈 바로 앞에 부풀어 오른 수연의 가슴을 안주로 잔을 비워내고 수연을 안고 방바닥으로 이동했다.

수양이 엉덩이를 치켜들고 엎드린 수연의 뒷모습을 바라보며 자신의 가운데를 살펴보았다. 방금 전 수연이 쏟아 부은 뜨거운 기운으로 인해 잠시 진정되었던 가운데가 다시 요동치고 있었다.

"수연아."

"왜요, 여보."

수양의 부름에 수연이 고개돌리자 수양이 수연의 엉덩이를 양손으로 부드럽게 어루만지며 거칠게 왕복운동하기 시작했다.

"그저 고맙다는 말밖에 할 말이 없구나."

"서방님, 오히려 제가 고맙지요. 이렇게 아낌없이 사랑해주시는데요."

그 말이 수양에게 속도를 더하라는 의미로 들린 모양으로 왕복운동에 박차를 가하자 수연의 몸이 앞뒤로 심하게 흔들리고 있었다. 그 흔들림에 따라 살과 살이 부딪치는 소리가 방안을 가로지르고 있었다.

"방금 그리도 좋으냐고 물어보았느냐."

"아니, 뭔 생각을 하고 있었기에…"

"그저 남녀 간의 궁합에 대해 생각해보았네."

"느닷없이 웬 궁합이랍니까."

"비근하게 아우를 예로 들어보자고."

수양이 안평을 주시하자 한계미와 성삼문 역시 안평을 바라보았다.

"아우는 제수씨와 궁합이 맞는다고 생각하나."

"무슨 궁합입니까. 차라리 원수라 표현함이 적절하지요."

"바로 그 이야기야. 아우는 제수씨와 겉궁합은 물론 속궁합도 맞지 않는다 이 말이야."

"겉궁합은 뭐고 또 속궁합은 무엇입니까."

안평의 목소리가 올라갔다.

"겉궁합은 육체 행위 즉 두 사람간의 성교 행위가 일치되는가의 문제요 속궁합은 두 사람의 정신이 일치하느냐의 문제지."

"그러면 형님은."

"지금까지는 집사람과 궁합이 절대적으로 일치한다고 생각했는데 돌이켜보면 속궁합만 일치했었다는 말이네."

"그런데 작은 형수님과는 겉궁합이 일치하고요."

안평이 앞에 놓인 술잔을 들이켰다. 그를 바라보며 모두가 잔을 비워냈다.

"혹시 부족한 게 없으신가요."

소리가 들리는 곳으로 고개를 돌리자 언제 왔는지 대부인과 수연이 사이좋게 시립하고 있었다. 순간 안평과 성삼문이 자리에서 일어났다.

"부인이 어인 일이오?"

"안평 서방님이 오셨기에 아우 소개드릴 겸해서 왔습니다. 아우, 이분이 대군의 아우 되시는 안평 대군이시고 또 이분은 훈민정음을 반포하는 데 큰 공을 세운 조선의 석학 성삼문 수찬일세."

"소녀 대군 마님과 수찬을 뵈옵니다."

대부인의 소개가 끝나자 수연이 두 사람을 향해 공손하게 고개 숙였다. 순간 안평의 시선이 수연의 전신을 훑었다.

"여기는 되었으니 가서 다른 일 보세요."

혹시나 모를 일이었다. 안평의 예사롭지 않은 시선을 느낀 수양이 잘라 말했다.

"형님은 참 복도 많으십니다. 저는 한 가지 복도 누리지 못하고 있는데 두 가지 복 전부를 누리고 있으니."

대부인과 수연이 자리를 물리자 안평이 가늘게 한숨을 내쉬며 스스로 자신의 잔을 채웠다.

"그래서 내가 그러지 않았나. 아내를 진정으로 사랑하라고."

"허허 참. 그저 형님이 부럽습니다."

정치란

"대군, 쉬엄쉬엄하시지요."

수양이 한여름 홍천사에서 그곳에 머물고 있는 중들과 땀을 뻘뻘 흘리며 기우제 준비에 박차를 가하고 있을 무렵 뒤에서 목소리가 들려왔다. 허리를 펴고 고개 돌리자 도승지인 이사철이 걱정스런 표정으로 바라보고 있었다.

"도승지 어른께서 오셨습니까. 그런데 어인 일로,"

"전하께서 대군과 함께 하라시는 분부를 주셨습니다. 그래서 인부들 음식이며 물도 함께 가지고 왔습니다."

수양이 얼굴이며 목에 비 오듯이 흐르는 땀을 흙이 묻은 손으로 쓸어내며 한창 일에 열중하고 있는 중들을 바라보았다. 그를 바라보던 이사철이 수양에게 수건과 함께 물을 건넸다. 그를 받은 수양이 자신의 곁에서 일하던 중에게 건네며 모두들 잠시 쉬도록 하라

명하고는 이사철과 함께 그늘로 이동했다.

"인부들을 시키시지 대군께서 직접 하고 계십니다."

"아저씨, 제가 솔선수범해야하지 않겠습니까."

이사철이 비록 도승지 직책을 지니고 있지만 나이도 위고 또 이성계의 할아버지 즉 도조의 장남으로 이성계의 아버지인 환조 즉 이자춘의 형님이 되는 이자흥의 증손자로 수양에게는 아저씨뻘 되는 관계로 사석에서는 깍듯하게 대했다.

"하여간 대군의 열정은 못 말립니다. 그러니."

이사철이 말하다 말고 급하게 입을 닫았다.

"아저씨, 왜요. 조정에서 뭔 말들이 또 흘러다닙니까?"

"제 입으로는 차마 말씀드리기 곤란합니다."

"말씀하시지 않으셔도 충분히 짐작할 수 있습니다."

수양에 대한 아버지 그리고 조정 대신들의 경계의 문제였다. 참으로 이상했다. 수양 자신 권력과 멀어지려 노력할수록 마치 권력이 수양을 빨아들이는 형국이 전개되고 있었다.

"여하튼 대군이 계시니 마음 든든합니다."

수양이 언제나 자신을 든든하게 밀어주고 있는 이사철에게 미소를 보냈다.

"그런데 아저씨, 정치란 무엇입니까?"

"그야 조선 전체가 평안하도록 만드는 일이 정치 아닙니까."

이사철이 잠시 생각 후에 조심스럽게 답을 냈다.

"아저씨 말씀이 백번 지당하지요. 그런데 실상이 그렇지 않으니 문제 아닙니까."

"그래서 대군께서 직접 기우제를 지내시려 하십니다."

수양이 미소 지으며 며칠 전 일을 떠올렸다.

"대군, 이곳이 어딥니까."

대부인이 수양과 말을 나란히 하고 동대문을 벗어난 지 한참되는 시점에 말라비틀어진 강바닥을 바라보며 마부를 시켜 말을 멈추었다. 곁에서 나란히 보조를 맞추어가던 수양이 대부인의 얼굴을 바라보았다. 대부인의 얼굴이 자신처럼 땀으로 흥건하게 젖어 있었다.

"저 앞에 말라비틀어진 물줄기를 송계(지금의 중랑천)라 하고 이 일대를 녹천이라 하오. 그리고 송계 건너에 펼쳐져 있는 들판은 노원이라는 곳이오."

수양이 말에서 내리자 대부인 역시 마부의 도움을 받아 말에서 내려 수양과 함께 소나무 그늘로 다가갔다. 그늘에 들어서자 수양이 저 멀리 황량하기 이를 데 없는 들판으로 시선을 주며 가볍게 혀를 찼다.

"지금까지 살면서 이렇게 심한 가뭄은 처음 보오."

임운이 건넨 수건을 대부인에게 건네며 수양이 물을 들이켰다.

"부인, 저 물줄기 이름이 왜 송계인지 아시오?"

대부인이 수양에게 수건을 건네며 바짝 말라버린 하천과 주위를 둘러보았다. 강가가 온통 소나무로 둘러싸여 있었다.

"혹시 소나무에 둘러싸여 있다고 송계라 이르는 게 아닌지요."

"바로 말하였소. 그래서 소나무 송자를 써서 송계라 한다오."

"그러면 우리의 행선지는 이곳인가요."

"아니오, 저기 보이는 노원이라는 마을이오."

"무슨 특별한 이유라도 있습니까."

"동교 즉 동대문 밖 고을 중에서 으뜸인 고을이 노원(盧原)이기 때문이라오."

"그래서 그곳 사정을 살피면서 다른 고을의 실정을 가늠해보시려 함이군요."

말을 마친 대부인이 잠시 말라버린 강바닥을 바라보다 사방으로 시선을 주었다.

"강 왼편에 우뚝 솟은 산은 삼각산과 도봉산인데, 저 건너편에 솟아 있는 산들은 무슨 산인지요."

수양이 대부인이 바라보는 방향으로 시선을 주자 수락산과 불암산이 한 눈에 들어왔다. 대부인에게 그를 설명하자 고개를 갸웃거렸다.

"왜 그러오?"

"불암산이란 지명은 그냥 이해할 만한데 수락산은 왜 산 이름이 수락인지 쉽게 납득되지 않아 그렇습니다."

수락산의 수락, 水落은 말 그대로 물이 떨어진다는 의미인데 산 이름 치고는 대부인의 말대로 쉽사리 납득되지 않는 경우였다.

"가만히 산의 형세를 살펴보니 수(水)는 수석(水石)의 줄인 말이고 락(落)은 또 다른 의미인 '이루어지다'를 지칭하는게 아닌가 싶소."

"대군 말씀에 따르면 수락산은 물과 돌로 이루어진 산이라는 의미로 들립니다."

"그저 내 생각일 뿐이오."

"대군 말씀이 지당한 듯 하네요."

대부인이 한참 동안 수락산을 살피고는 수양에게 미소를 보냈다.

"자, 그러면 천천히 노원으로 이동할까요."

"예부터는 걸어서 가시지요."

"부인, 괜찮겠소."

"대군께 이렇게 의지하면 되지 않겠어요."

대부인이 말을 마침과 동시에 수양의 팔을 양팔로 잡았다.

"아무리 그래도 이 뜨거운 태양빛을 감당할 수 있겠소."

"대군이 감당하는데 제가 회피할 수는 없는 노릇 아닌가요."

생긋 웃는 대부인을 바라보며 자신의 겨드랑이에 끼어온 부인의 양팔을 향해 힘을 주었다. 순간 부인의 보드라운 가슴이 물컹거리는 느낌이 전달되었다.

"백성들에게 젖을 주어야 하는데."

"젖이라니요?"

"문득 내 팔로 부인의 가슴이 물컹거리는 느낌이 전달되지 않았소. 그래서 갑자기 그런 생각 일어났다오."

"어린 아기에게 젖을 주듯 불쌍한 백성들에게도 젖을 주어야 한다는 말씀이네요."

말을 마친 대부인이 가슴을 더욱 수양에게 밀착시켰다.

"그런데 그거 참 묘한 일이오."

"무엇 말인가요."

수양이 대답하지 않고 그저 대부인을 바라보기만 했다.

"왜 대답하지 않으세요. 혹시 아우와 저를 비교해보는 게 아닌지요."

"허허, 귀신 눈은 속여도 부인 눈은 속일 수 없구료. 바로 그러하다오. 부인의 가슴을 느끼면 마음이 평안하기 이를 데 없는데 수연의 가슴을 느끼면…."

"사내의 본능이 발동한다 이 말씀 아닌가요."

수양이 대답 대신 너털웃음을 터트리며 다시 대부인에게 잡힌 팔에 힘을 주었다.

"부인, 정치란 무엇일까요."

"갑자기 정치 이야기는."

"갑자기 일어난 생각이오. 당신의 가슴을 느끼며 한없이 평안한 마음이 일어나서 말이오."

"그렇다면 대군은 정치가 백성들에게 충분한 젖을 먹이며 동시에 평안을 주어야 한다는 말씀이네요."

"당신이 정치해야 하는데."

수양이 감탄의 표정을 짓자 이번에는 대부인이 자신의 양팔에 힘을 주었다.

"그런데 대군, 저 앞에 드문드문 보이는 나무들이 뽕나무 아닌 지요."

말라버린 강을 건너자 대부인이 수양의 팔을 잡고 있던 팔을 빼내고 앞서 나갔다. 수양이 나무 앞에서 그 나무를 찬찬히 관찰하고 있는 대부인 곁으로 다가섰다.

"부인 왜 그러오?"

"갑자기 어린 시절이 생각나서 그럽니다."

"어린 시절이라니."

"어머니를 위시하여 주변 여인들이 뽕나무 잎으로 누에를 키워 실을 뽑아 비단을 만들고는 했거든요."

"하면."

"남정네들뿐만 아니라 여인들도 가정에 경제적으로 도움을 줄 수 있지요."

"말인즉 뽕나무로 젖을 생산할 수 있다는 이야기로 들립니다."

대부인이 대답하지 않고 다시 앞서 나갔다. 들판을 벗어나자 불암산 초입까지 논과 밭이 이어져 있었다. 여기저기서 농부들이 말라비틀어진 논과 밭두렁에 앉아 한숨을 내쉬는 모습이 시선에 들어왔다. 수양 일행이 그들 가까이 다가가자 농부들이 의아한 생각이 들었는지 그들 곁으로 삼삼오오 모여들고 있었다.

임운이 앞으로 나서 수양대군과 대부인의 등장 아울러 그곳을 방문하게 된 연유를 설명하자 농부들이 일제히 땅바닥에 엎드렸다. 수양에 앞서 대부인이 자세를 낮추어 한 농부의 팔을 잡고 일으켜 세우고는 젖을, 하인들에게 준비시켰던 음식과 물을 건네주었다.

그들이 감사함을 표시하며 음식을 들자 수양이 그들 곁에 널브러진 삽을 들었다. 이어 고개를 좌우로 돌리다 한 지점을 향해 걸어가기 시작했다. 불암산에서 발원하여 송계에 이르는 개울에서 굴곡이 심하며 폭이 좁은 곳에 이르자 걸음을 멈추었다.

둑에서 그 지점을 바라보자 드문드문 잡초가 자라고 있었다. 그를 살피던 수양이 아래로 내려가 다짜고짜 삽으로 개울 바닥을 파기 시작했다. 한참 비지땀을 흘리며 삽질에 오로지 하자 서서히 물기를 머금은 흙이 드러나고 있었다. 순간 인기척이 들려왔다. 고개를 들자 몇 사람이 시립하고 있었다.

"누구시오."

"대군마님, 이곳 하계(下契)의 촌장인 김성구라 하옵니다."

촌장임을 밝힌 사람이 그대로 큰절을 올렸다. 수양이 그의 모습을 물끄러미 바라보다 다시 삽질에 매진했다. 그러자 서서히 물이 드러나기 시작했다. 그를 살피던 수양이 삽을 그 자리에 내려놓고 둑으로 올라섰다.

"이곳에 물이 고여 있으니 요긴하게 이용하도록 하게."

말을 마친 수양이 저만치에 있는 뽕나무에서 천진난만하게 오디를 따 먹고 있는 대부인에게 걸음을 옮기기 시작했다.

"대군 마님, 이후 이곳을 물당골이라 부르도록 하겠습니다."

"전하께서 여러 날 고민하셨습니다."

"무슨 이유로요. 이 혹독한 가뭄에 기우제는 당연한 일 아닙니까."

"그런 이유가 아니지요."

"그러면."

"조정에서 왜 하필이면 절에서 기우제를 지내느냐로 반대가 심했습니다."

"한심한 인간들 같으니라고. 그러면 이 가뭄에 농부들을 동원하여 이 행사를 치르길 바라는 겁니까."

"그게 대군께서 언급하신 실질적인 정치가 아닌가 싶습니다."

"아저씨께서 바로 말씀하셨습니다. 지금 조정은 물론 조선 사회가 틀에 박힌 유교 교리에 함몰되어 실용은 등한시하고 있습니다. 정치란 실용을 중시하여 백성들을 배고프지 않게 해주어야 하는 게 아닙니까?"

"대군 말씀이 지극히 온당합니다. 그런데 조정은 백성들의 삶에 아무런 영향도 미치지 못하는 위선에 몰두하고 있으니 그게 걱정입니다."

"결국 제 밥그릇만 채우자는 이야기지요."

연민

"대군, 소식 들으셨습니까."

종친부에서 잠시 소일하는 중에 김수온이 방문했다.

"무슨 소식이오?"

"전하께서 세자의 병을 이유로 불사를 행하시겠다고 합니다."

"형님의 병을 불사를 통해 치료하신다고요."

"그렇습니다."

"그게 가능하겠습니까. 신료들의 반발이 만만치 않을 터인데."

"그래서 제가 대군을 찾아뵈었습니다."

수양이 김수온의 얼굴을 자세히 바라보았다.

"그렇다면."

"대군께서 앞장서시라 부탁드리려 합니다."

김수온은 최근 세종의 명으로 석가의 공덕을 찬송하는 노래를 만드는 중이었다. 그런 연유로 수온은 세종을 자주 알현하고 있었다.

"그런데 형님의 병이 그 정도로 심각합니까."

물론 저간의 사정을 모르는 바 아니었다. 전의인 노중례로부터 세자의 상태가 심각한 지경까지 이르고 있다는 사실을 들었던 터였다.

"전하께서…."

"시원하게 말씀해보세요."

"전하와 세자 저하 사이에 순서가 바뀔지도 모른다고…."

"순서가 바뀌다니요?"

"두 분이 오십보 백보라는 말씀을 주셨습니다."

수양이 길게 한숨을 내쉬었다.

"지금 당장 가십시다."

"어디를 말입니까."

"당연히 아버지를 뵈어야지요."

수양이 정색하고는 김수온에게 길을 재촉했다.

"그러실 게 아니라 이왕이면 안평대군도 함께 드심이 어떠하실지요."

"그럴 이유라도 있습니까."

"전하께서는 가능한 한 여러 불사를 원하시고 계십니다."

"그러면 내 먼저 편전으로 들 터이니 안평과 함께 오시도록 하시지요. 방금 전 이곳에 있었으니 아마도 근방에 있을 겝니다."

"그렇지 않아도 방금 전 궐에서 나와 이곳으로 오는 도중에 대군을 만나 뵙고 전후사정을 이야기하였고, 지금 편전에 들어계실 것입니다."

"함께 들어가게 하지 않고."

수양의 질책에 김수온이 미소로 답했다.

"하면."

"전하께서는 약사재와 수륙재의 두 건의 불사를 행하시려 하십니다. 그래서 그 이야기를 대군과 함께 나누려 합니다."

"약사재와 수륙재라. 그것이 무엇이오."

"약사재(藥師齋)는 중생의 질병을 고쳐주는 약사여래께 올리는 재고 수륙재(水陸齋)는 물과 육지를 헤매는 영혼과 아귀를 달래고 위로하는 의식입니다."

수양이 가만히 생각에 잠겨 들었다. 약사재는 형님의 쾌차를 직접 겨냥하고 있고 수륙재는 형님의 쾌차를 위해 여타의 영혼들에 대한 위로 차원의 재였다.

"아버지께서 그야말로 전방위로…"

"그만큼 심각하다는 이야기입니다."

"그렇다면 정랑께서는 어떤 의견을 주시려는지요."

"대군께서 당연히 약사재를 도맡으셔야지요."

"정랑의 말씀대로 그리 하도록 합시다."

수양이 수온과 이런저런 이야기를 하며 경복궁에 들어서자 저만치에 편전이 모습을 드러냈다. 그를 살피며 잠시 걸음을 멈추었다.

"왜 그러시는지요, 대군."

"아버지께서 무슨 말씀을 하실까 생각해보았소."

"전하께서도 이번에는 그리 쉽사리 말씀하시지 못하리라 생각합니다. 그래서 대군께서 자임해주셨으면 하는 게 제 생각입니다."

얼마 전 지독한 가뭄에 고통을 겪고 있는 백성들을 위해 조정의 반대에도 무릅쓰고 수양이 홍천사에서 중들의 도움으로 기우제를 거행했었다. 당시에 수양의 본뜻도 있었지만 아버지께서 그를 주관하여야 함에도 수양이 선뜻 나선 터였다.

"당연히 그리해야겠지요."

짧게 말을 내뱉은 수양이 천천히 편전으로 들었다. 아버지와 도승지 이사철 그리고 안평이 함께 자리하고 있었다.

"어서 자리하거라."

수양을 맞이하는 아버지의 얼굴에 짙은 그림자가 드리워 있었다. 형의 건강도 그러하지만 그보다 아버지의 건강이 더욱 위중하지 않을까 하는 느낌이 찾아들었다.

"아버지, 안색이 창백해 보입니다."

"이제 서서히 그날이 다가오고 있는 게 아닌가 싶구나."

"그날이라니요!"

"무얼 새삼스럽게 묻는 게냐. 한번 오면 가는 게 인생인데. 그 일에 임금이라고 예외일 수는 없는 일 아니더냐."

"아버지!"

세종의 힘없는 이야기가 귓전을 파고 들자 가슴속으로부터 뜨거운 기운이 솟구치고 있었다. 수양의 상체가 절로 아래로 향했다.

"너무 서러워 말거라. 그게 인간의 삶 아니냐. 그러니 몸을 일으키거라."

이상하게도 쉽사리 몸이 세워지지 않았다. 또한 어깨가 들썩이고 있었다. 그 모습을 바라본 김수온이 다가가 수양의 상체를 일으켰다.

"너희들이 나 그리고 너희들 형 문제로 마음 고생이 심하다는 걸 내 익히 알고 있다."

수양이 진정되는 기미를 보이자 세종이 차분히 입을 열었다.

"아버지, 말씀 주세요. 모두 따르렵니다."

"암 그래야지, 그래야 하고 말고."

그리 말하는 세종의 표정이 한없이 서글퍼보였다. 그 모습에 모두의 얼굴에 침통한 기운이 들어차고 있었다.

"전하, 이제 말씀 주시지요."

도승지 이사철이 모두를 바라보고는 조심스럽게 입을 열었다.

"용아, 인간의 아니, 아버지 입장에서 가장 슬픈 일이 뭔지 아느냐?"

세종이 안평을 주시하고 느닷없는 질문을 하자 안평이 수양을 바라보았다. 마치 수양으로 하여금 대답하라는 투였다.

"무엇인지요?"

안평의 마음을 읽었다는 듯 수양이 말을 받았다.

"너희들은 어떻게 생각할지 모르지만 아버지 입장에서 자식을 먼저 보내는 일은 참으로 견디기 힘들구나."

순간 수양의 머릿속에 일찌감치 생을 마감한 광평과 평원 두 아우의 모습이 스치고 지나갔다. 생전에 수양을 졸졸 따라다니다시피 했던 아우들이 어느 한순간 생을 달리했던 순간이 떠올랐다.

당시는 너무나 슬픔에 겨워 그 고통을 차마 느끼지 못했는데 세월이 흘러감에 따라 곁에 있어야 할 아우들의 빈 자리가 주는 고통이 크다는 사실을 깨달았다. 그런데 하물며 아버지 입장에서는 어땠을까 하는 아련함이 머리를 감쌌다.

"돌리지 않고 바로 이야기하마. 세자의 건강이 지극히 위중하고 그래서 부처의 자비에 의탁해보고자 한다."

"아버지 마음이 그리하시다면 행하셔야지요. 그런데 의술로는 전혀 손 쓸 여지가 없는지요."

수양이 걱정스런 표정으로 말을 잇자 세종이 천장을 바라보며 길게 한숨을 내쉬었다. 잠시후 세종의 눈가에 미세하게 눈물이 흐르기 시작했다.

"아버지, 저희 형제가 어찌 할까요."

수양이 어색한 순간을 전환하고자 다시 입을 열었다.

"이 아비로서는 더 이상 자식이 먼저 생을 마감하는 일을 겪고 싶지 않구나."

세종이 차마 마음을 내놓기 거북한지 자꾸 곁을 돌고 있었다.

"전하께서는."

"아니야, 내 입으로 말하마."

이사철이 조심스럽게 입을 열자 세종이 급히 말을 잘랐다.

"세자인 너희 형의 건강이 막바지를 향하고 있다. 이제는 더 이상 의술로는 어찌할 방도가 없어 보인다."

세종이 잠시 말을 멈추고 수양과 안평을 지그시 바라보았다.

"그래서 이참에 불사를 일으켜 부처께 자비를 구해보려 한다."

"그리 하시지요, 아버지."

"고맙다. 역시 너희들밖에 없구나."

세종이 다시 길게 한숨을 내쉬었다.

"그래서 너희 두 아들에게 부탁하려 한다."

"부탁이라니요, 아버지. 비록 형님이 세자지만 사사로이는 저희 형님이십니다. 그러니 당연히 소자들이 할 일입니다."

안평이 힘을 주어 말을 잇자 세종이 자리에서 일어나 수양과 안평의 곁으로 다가가 두 사람의 손을 잡았다.

"이번 불사는 사찰이 아닌 이곳 즉 궁궐에서 거행될 거야."

"궁궐에서요?"

어느 한 사람의 반응이 아니었다. 세종을 제외한 모든 사람들이 이구동성으로 반문했다.

"아무렴 궁궐 내에 있는 불당에서 불사를 행해야지."

"신료들의 반발이 만만치 않을 텐데요."

"그 부분은 내가 처리하도록 하마. 그러니 너희들은 그저 너희 형을 위해 수고를 마다하지 말아주기 바란다."

안평의 의구심에 세종이 힘주어 답했다. 수양이 가만히 아버지 얼굴을 바라보았다. 일전에 흥천사에서 기우제를 지낸 일을 두고 조정에서 반발이 무수했었다. 그런데 사찰도 아닌 궁궐 한복판에서 행해질 불사에 대한 신료들의 반발은 눈에 훤히 보일 정도였다.

잠시 그들의 모습을 그려보다 아버지를 주시했다. 아버지의 표정에서 생기가 사라지고 있었다. 순간 형님인 세자를 그려보았다. 한 올 지푸라기라도 잡으려는 아버지의 행동에 조그마하지만 연민의 정이 싹트고 있었다.

사랑

"대군, 수고 많으셨습니다."

수양이 궁궐 불당에서 약사재를 거행하고 집에 들자 태어난 지 얼마 되지 않은 아기를 안고 있는 대부인과 수연이 조촐한 주안상을 마련하고 기다리고 있었다.

"수고는. 당연히 해야 할 도리를 한 것 뿐이오. 오히려 수고는 수연이 더했을 거늘. 그나저나 우리 아들 한번 안아보게 이리 주시오."

수양이 방에 들어서자마자 대부인의 품에 안겨 있던 아이를 번쩍 안아들고 흡족한 표정을 지으며 그대로 자리 잡았다. 그를 신호로 수양을 정면에 두고 대부인과 수연이 나란히 자리했다.

"아참, 부인. 우리 장과 의숙은 어디 있소. 기왕이면 그 아이들도 자리를 함께하여 우리 아기의 탄생도 축하하고 모처럼 가족간의 정을 함께함이 어떻겠소."

"둘은 잠시 외가에 출타하였습니다."

"그러면 할 수 없지."

잠시 아쉽다는 듯한 표정을 짓던 수양이 아기를 치켜 올렸다.

"대군, 그리도 좋소."

"그걸 말이라고 하시오. 얼마만에…."

수양이 더 이상 이야기를 잇지 못했다. 외아들 장 그리고 뒤를 이어 딸 의숙이 태어난 지 벌써 8년이 흐른 터였다. 이후 지속적인 노력에도 불구하고 이상하게도 대부인에게 아기가 들어서지 않았다.

"그 마음, 충분히 이해합니다. 오히려 제가 미안할 따름입니다."

"아니오, 부인. 내 괜한 말을 해서."

"그러지들 마시고 제 잔 받으시지요."

수연이 순간적인 어색한 분위기를 쇄신하고자 병을 들었다.

"그러세요. 아기는 제게 주시고 어서 받으세요."

수양이 대부인에게 아기를 건네자 수연이 당당하게 술 병을 들었다. 수양이 술을 따르는 수연의 얼굴 그리고 부인의 품에 안겨 있는 아기를 번갈아 바라보았다. 이어 잔을 받아들고는 호탕하게 웃었다.

"대군, 왜 그러십니까."

"이 자리에서 아기의 이름을 지어주려 한다오. 갑자기 멋진 이름이 생각났다오."

"그렇지 않아도 이제 아기에게 이름을 주어야 한다 생각하고 있었는데."

수연이 말하다 말고 대부인의 잔에 술을 따랐다.

"어떤 이름을 주시렵니까."

"날이 밝아지는 새벽을 의미하는 서(曙)를 아기 이름으로 정하려 하오."

대부인과 수연이 잠시 서를 되뇌다 이내 함박웃음을 지었다.

"우리 서는 아버지께서 지어준 이름을 어찌 생각하는고."

대부인이 아기가 말을 알아 듣기라도 한다는 듯 살갑게 말을 건넸다. 그러자 아기가 방긋거렸다.

"형님, 서도 정말 좋아하는 모양이에요."

"그러게나 말이야. 그러나 저러나 자네도 이름이 마음에 드는 모양이지."

"마음에 들다마다요."

말을 마친 수연이 자신의 앞에 놓인 빈 잔을 들었다. 그 모습을 바라본 대부인이 수양에게 눈짓을 주었다.

"그럽시다. 그동안 아기를 낳느라 고생한 공을 위로하며 내가 잔을 채워주리다."

수연의 잔이 채워지자 수양과 대부인이 잔을 비워냈다.

"실은 오늘 아우와 함께 궁에 다녀왔습니다."

"궁궐에는 무슨 일로."

"아우 소개도 시킬 겸 그리고 우리 서가 태어난 일을 알리려고 입궐했지요."

"누구를 만났소."

"신빈을 만나고 왔습니다. 아우를 궁에서 빼내는 데 그분의 도움이 적지 않았거든요."

수연이 비록 내의원 소속이었지만 궁궐의 여인들은 모두 내명부 소관이었던 터였다. 그러나 내명부의 수장인 소헌왕후가 세상을 하직한 관계로 내명부의 일을 세종의 후궁들이 함께 처리했던 터였다.

"신빈이라. 그분은 내게 그리고 막내인 영응대군에게는 친어머니나 진배없는 분이시지요. 아울러 우리 일이라면 팔을 걷어붙이고 나서실 게요."

"신빈께서 대군과 영응대군을 업어 키우신 일은 익히 알고 있습니다. 여하튼 아우를 집으로 들이는데 조그마한 소란이 있었습니다."

"왜요, 혜빈이 딴지 걸었던가요."

"그냥 웃고 말지요."

빤한 일을 왜 묻느냐는 듯 말을 잇자 수양 역시 웃고 말았다.

"그 사람 참."

"언제 한번 계양군을 만나보시지요."

"계양군은 신빈의 큰 아들 아니요. 그런데, 왜?"

"신빈께서 계양군의 운명을 대군께 의탁하고자 하시는 모양입니다."

"이야기인즉."

"앞으로 궁궐 상황이 녹록하지 않을 것이란 이야기도 주셨습니다."

"결국 형님보다도 아버지가 문제라는 이야기입니다."

수양이 잠시 혀를 차다 빈 잔을 들었다. 수연이 기다리고 있었다는 듯 술을 따랐다.

"그건 그렇고 약사재는 잘 치르셨는지요."

"부인, 내 부인께 정말 감사의 술 한 잔 올려야 할 듯합니다."

"갑자기 무슨 말씀입니까."

"당신을 통해 새롭게 태어난 느낌이 들어 그렇소."

"갈수록 난해한 말씀만 하십니다."

"부인이 나를 위해 수연을 들이지 않았소."

"그런데 그게 왜요."

"그 일로 이렇게 아들을 얻지 않았소."

대부인이 품에 안긴 서를 바라보았다.

"부인의 행동으로 인해 나는 정말 사랑이 무엇인지 알게 되었다오. 사랑이란 받는 게 아니라 주는 데 더 큰 의미를 지니지 않는가 싶소."

"그걸 아직도 모르고 계셨습니까."

"부끄럽지만 지금까지, 부인이 다른 사람의 이목을 꺼려하지 않고 수연을 들이기 전까지 그를 모르고 있었소."

"무슨 말씀을 하려 하시는지요."

"아버지에 대한 연민을 이야기하고 싶소. 그전까지 아버지는 그저 껍데기로만 생각했는데 이제는 그 내면까지 헤아릴 수 있게 되었소."

대부인이 아기를 수연에게 건네고 빈 잔을 들자 수양이 술병을 들어 아주 천천히 잔을 채웠다.

"부인, 정말 고맙소."

"오히려 제가 고맙지요."

"그건 또 무슨 말이요."

"아우를 집에 들이니 대군의 생각의 폭이 넓어지고 또 밖으로 돌지 않으시고 가정에 충실하니 일거양득 아닌지요."

"허허, 우리 가정에 천하가 다 있거늘 당연한 일 아니요."

수양이 천하란 단어에 힘을 주어 말하자 대부인이 잔을 들었다. 뒤질세라 수양도 잔을 들어 비워냈다.

"아버님과 시아주버니가 안쓰럽던가요."

"그렇소. 특히 아버지께서."

"어떻게 살피면 아버님의 운명도 기구하다 할 수 있지요."

"그런 측면에서 아버지에 대한 연민을 느낄 수 있게 되었소."

"그런데 약사재를 행함으로 인해 시아주버니의 건강에 차도가 있을까요."

"그야 형님이 어떻게 받아들이느냐의 문제 아니겠소."

"무슨 말씀이신지요."

"형님의 병이 마음으로부터 비롯되었으니 마음으로 다스려야 하지 않겠소."

"그 주요 원인은 아버님께 있고요."

"아버지는 그래서 그랬겠소. 그런 차원에서 아버지께 연민이 일어난다오."

순간 수양의 눈가에 이슬이 어리고 있었다. 그를 살핀 대부인이 자리에서 일어나 수양의 곁에 자리했다.

"대군, 이 좋은 날 좋은 생각만 하시지요."

말을 마친 대부인이 수양의 빈 잔을 채우고 손을 뻗어 수양의 눈가를 섬섬옥수로 찬찬히 쓸었다. 가만히 그를 음미하던 수양이 팔을 뻗어 대부인의 상체를 감쌌다.

"부인, 이 세상 천지에 나만큼 행복한 사람이 있을까 싶소."

"대군, 그거 아세요."

"무엇 말이오."

"세상 천지가 모두 마음에 담겨 있다는 사실이지요."

"참으로 진리요, 진리. 그런데 부인은 어떻게 그를 터득하였소."

"그 일이 터득하고 말고 할 거창한 일이 아니지요. 그저 대군의 모습을 바라보니 갑자기 그런 생각 들었답니다."

수양이 대부인의 말을 헤아리기라도 한다는 듯 자신에게 기울어져 온 대부인의 얼굴을 바라보았다. 그를 바라보던 수연이 서를 바닥에 뉘이고는 자리에서 일어나 궤로 가 이불과 요를 들고 방 한편에 정성스럽게 깔고 다시 자리로 돌아왔다.

"아우는 뭐하는가."

"이 밤 두 분이 사랑을 나누시라 준비하였습니다."

"이 자리서 사랑을 나누라고?"

"저는 서와 함께 두 분 곁에서 응원하도록 하겠습니다."

수연의 진지한 표정에 수양과 대부인이 서로의 얼굴을 바라보았다.

"자네가 보는 앞에서 사랑을 나누란 말인가?"

수양이 얼떨떨한 표정을 지으며 대부인을 바라보았다. 대부인이 그 시선을 받아 수연에게 전달했다.

"두 분은 저와 서가 함께하는 일이 어색하신 모양이지요."

"결국 아우가 곁에서 시들어가는 대군과 나의 육욕을 불태워주겠다는 의미인데. 대군, 대군 생각은 어떻습니까."

"부인, 두 사람 다 내 아내인데. 부인이 판단하시오."

"나뿐만 아니라 대군에게도 도움이 될 터인데 마다할 일이 아니지 않습니까. 그리고 우리 둘 다 똑같은 대군의 아내로서 전혀 개의할 일이 아니라 생각합니다."

사실 수연을 집에 들이기 전에도 대부인과의 잠자리는 자주 있지 않았고 수연을 들이자 대부인은 점점 더 정신적 상대로 변하고 있던 터였다.

"형님, 오늘 저도 한잔 마시도록 하겠습니다."

말을 마친 수연이 천천히 잔을 비워냈다. 수양과 대부인이 걱정스런 표정을 지으며 그 모습을 주시했다. 다행스럽게 잔을 비운 수연의 상태가 안정되어 있었다.

"허허, 아기를 낳아서 그런 겐가. 술 한 잔이 전혀 무리 없네."

"우리 아기를 낳았으니 마음 역시 안정되고 또 그러니 몸도 그에 따라 똑같이 반응하는 게 아닌지요. 그런 의미에서 우리도 잔을 비우시지요."

두 사람이 동시에 잔을 비우자 수연이 자리에서 일어났다. 이어 천천히 옷을 벗기 시작했다. 순간 수양의 목구멍으로 마른 침이 넘어가고 있었다. 그 상태서 대부인을 바라보았다. 대부인의 시선 역시 수연에게 향하고 있었다.

잠깐 사이에 수연이 전라의 모습을 드러냈다. 수양이 수연의 전신을 훑었다. 수연이 태교하는 동안 그녀와의 잠자리를 멀리했었다. 비록 아기를 낳았지만 전과 전혀 다름없는 모습의 수연을 바라보자 수양의 가운데가 요동치기 시작했다.

　수연을 바라보던 대부인이 수양의 가운데를 바라보았다. 한눈에도 변화가 감지되었다.

　"아우는 이리 와서 서방님 옷을 벗겨드리게."

　말을 마친 대부인이 몸을 일으켜 수연이 마련한 자리로 옮겨 수양과 수연의 행위를 바라보며 천천히 옷을 벗고 자리에 누웠다. 잠시 후 수연의 도움으로 옷을 벗은 수양이 수연의 손을 잡고 대부인에게 다가갔다. 대부인이 곁에서 제 어미와 함께 자신을 응원하고 있는 서에게 시선을 주었다.

　"형님, 꼭 옥동자를 생산하셔야 합니다."

　서서히 함몰되어가고 있는 대부인의 귀에 수연이 뜨거운 기운을 불어넣었다.

세종의 고뇌

수양이 아버지의 명을 받고 편전으로 다가서자 문밖에서 도승지 이사철이 반가이 맞이했다.

"아버지께서 어인 일로 저를 찾으셨습니까."

"아마도 지난 번 지낸 약사재에 대한 말씀을 주실 듯합니다. 그 이상은 저도 모르겠고 어하튼 전하께 직접 들으시는 편이 이로울 듯합니다. 어서 드시지요."

이사철의 안내로 전으로 들자 세종이 조촐하게 주안상을 준비하고 기다리고 있었다. 수양이 아버지께 공손하게 고개 숙이고 자리 잡았다.

"어인 일로 저를 부르셨습니까."

"우선 이 아비가 주는 술 한 잔 받거라."

술병을 잡고 있는 세종의 손이 떨리고 있었다.

"아버지, 소자가 먼저 올리겠습니다."

"아니다, 이 아비에게는 더 이상 술은 금물이야."

아버지를 자세하게 살펴보았다. 더 이상 술은 안 된다는 말과는 달리 얼굴에 희미하게 미소가 번지고 있었다. 그를 살피며 잔을 받고 상에 내려 놓았다.

"한잔 마시거라."

낮지만 근엄한 목소리에 뒤를 돌아보았다. 그 자리에 있어야 할 이사철의 모습이 보이지 않았다. 다시 아버지를 바라보았다. 방금 전 보였던 희미한 미소가 사라지고 있었다. 그를 살피며 조심스레 잔을 비워내고 상에 올려놓았다.

"어인 일로 저만 부르셨는지요."

"금번 약사재 행사에 네가 쏟은 정성이 네 형의 수명을 연장시킨 데 대해 아비로서 고마움을 표시하기 위해서란다."

약사재 이후 세자의 건강이 일시적으로 호전 상태를 유지하고 있다는 사실은 이미 알고 있었다.

"아우로서 당연히 해야 할 도리를 했습니다. 그런데 그 문제라면 안평 아우도 자리를 함께해야 할 일이건만."

"안평은 따로 불러 이야기하도록 하마."

"제게 특별히 하실 말씀이 있다는 이야기로 들립니다."

"특별한 일은 아니고 금번에 안평과 네가 행한 약사재로 네 형의 건강이 어느 정도 회복되었다고 판단하여 그를 기념하기 위해 사연(賜宴, 잔치)을 베풀려 한다."

"아버지 생각이 그리 하시다면 그리 하실 일입니다."

"네가 아비 대신 그를 주관해다오."

주관이 아니라 아버지를 대신하여 사연에 참석하는 모든 이들에게 술을 따르라는 이야기였다.

"당연히 그리 해야 할 일이옵니다."

"이 아비는 그저 네게 고맙다는 말밖에 할 말이 없구나."

"그게 무슨 말씀이신지요. 아버지 말씀이라면 당연히 따라야 자식된 도리 아닌가요."

"그럼에도 불구하고 이 아비는 네게 항상 미안한 마음이 드는구나."

"아버지, 그런 말씀 마세요. 그러면…."

"그러면 뭐냐."

"제 자신이 자꾸 부끄러워집니다."

"네가 부끄러워 할 일이 무엇이냐."

"자식으로서 아버지를 전적으로 신뢰하지 못한 일입니다."

"아무래도 마지막으로 한잔 마셔야 할 듯하구나."

세종이 자신의 앞에 놓인 잔을 만지작거리다 천천히 들었다. 수양이 급히 술병을 들고 공손하게 잔을 채웠다.

"아버지, 괜찮으시겠습니까."

"잠깐 생각을 잘못했어. 이제 얼마 남지 않은 생 막판에 술을 끊어 뭐할까라는 생각이 일어났구나. 사람이 하던 짓을 멈추면 사고가 난다는 일을 잠깐 실기했다. 자, 잔을 채우고 이 아비와 함께 비워내자꾸나."

수양이 잡은 술병을 그대로 자신의 빈 잔에 기울였다.

"그래요, 아버지. 우리 함께 들어요."

잔을 들고 입으로 기울이는 세종의 손이 다시 미세하게 떨리고 있었다. 그를 주시하다 세종이 잔을 모두 비우고 내려놓자 수양이 단번에 잔을 비워냈다.

"실은 이 아비가 네게 특별히 할 말이 있어 불렀다."

"주저 마시고 말씀하세요. 아버지 말씀 모두 따르렵니다."

"유야, 이후 조선의 사직이 네게 달렸음을 알고 있느냐."

"예?"

"조선의 운명이 너와 함께하리란 사실 말이다."

수양이 대답하지 않고 아버지의 표정을 살폈다. 방금 전 보였던 희미한 미소는 사라지고 어두운 그림자가 스치고 지나갔다.

"저로서는 쉽사리 납득하기 힘듭니다. 그러니 쉽게 말씀해주십시오."

"굳이 딴소리 하지 않겠다. 내 삶도 그러하지만 네 형인 세자의 삶 역시 길지 않음을 너도 잘 알고 있으리라 생각한다."

"형님이, 왜요. 형님에게 치명적 지병이 있는 게 아니지 않습니까."

"네 말마따나 네 형은 지병이 있는 게 아니라 마음의 고통이 병으로 자리한 게야."

수양이 침묵을 지켰다.

"그 마음의 병이 이 아비 때문이란 사실 역시 알고 있느냐."

"왜 아버지 때문인가요. 마음의 병은 결국 그 사람이 책임져야지요."

수양이 말해놓고는 아차했다. 말인 즉 형인 세자의 책임이 크다는 이야기였기 때문이었다.

"모두 내 불찰로 그리 된 게야."

"아버지 불찰이라니요."

"세자를 잘못 세운 게지. 네 형을 세자로 세운 이 아비가 잘못되었다는 게야."

"아버지!"

"한 잔 더 따라다오."

수양도 맨 정신으로는 그 자리를 지킬 수 없다 판단했는지 세종의 잔을 채우고는 자신의 잔도 채웠다.

"이 아비가 죄인, 역사에 죄를 진 게야."

세종이 다시 잔을 비워내고는 천장을 바라보았다.

"아버지, 고정하세요!"

"유야, 너는 아느냐?"

"무엇을 말인가요."

"나는 네 형이 양녕 형님처럼 스스로 세자 자리에서 물러나 주기 바랐단다. 그런데 네 형은 이 아비의 진정도 모르고. 이 아비의 결정을 그대로 유지하는 게 그저 효도라 생각하고, 그래서 마음에 병이 쌓인 게야."

세종이 흡사 넋두리를 늘어놓는 듯했다. 수양이 가만히 아버지의 입을 주시했다.

"다 자업자득이지 자업자득."

"왜 그렇게 절망적으로 생각하세요. 저와 우리 형제들이 형님을 도와 조선의 사직을 굳게 지킬 겁니다."

"이 아비가 걱정하는 건 조선의 사직이 아니야."

"그러면 뭔가요?"

"조선의 사직은 조금도 걱정하지 않는다. 네가 있으니."

"그게 무슨 말씀이십니까?"

수양의 목소리가 절로 올라갔다.

"네 성정이 조선이 그리 되도록 두고 보지 않는다는 이야기야. 암 그렇고말고."

수양이 가만히 아버지의 이야기를 정리해 보았다. 결국 아버지 역시 보위를 자신에게 넘겨주었어야 했다는 논조였다.

"아버지, 왜 진즉에 형님께 보위를 이양하지 않으셨는지요. 그런 경우라면 형님도 당당하게 형님의 길을 가고 있지 않겠습니까.”

“내가 그런 생각해보지 않았다고 생각하느냐?”

“하오면.”

“내 진즉에 세자에게 보위를 넘겨야겠다는 생각 하고는 했단다.”

“그런데 왜요?”

세종이 즉답에 앞서 길게 한숨을 내쉬었다. 마신 술 탓인지 그 한숨 소리가 고르지 못하고 갈려있었다.

“상왕 제도의 폐해를 고스란히 경험했기 때문이야. 말이 좋아 상왕이지 한 나라에 두 명의 왕이 존재하는 형국으로 그런 경우 국정 운영에 혼선만 초래하게 되는 경험을 이 아비가 목격했고 그래서 그리 결정하지 못했단다.”

할아버지인 태종이 상왕으로 물러나면서 일어났던 여러 사건들 특히 자신의 부인인 소헌왕후의 아버지를 살리지 못하고 죽음에 이르도록 했던 일을 의미했다. 결국 그 일은 세종이 보위에 올랐기 때문에 발생했던 일이었다.

“네 외할아버지 사건도 결국 그런 이유로 발생한 게고.”

수양이 짐작한 일이 아버지의 입을 통해 전달되었다.

“아버지, 한 잔 더 따라 올릴까요.”

잠시 아버지의 흥분을 가라앉혀야겠다는 생각으로 수양이 술병을 잡았다.

"그러자꾸나. 이 아비의 마음속에 품었던, 네게 하지 못했던 말들 모두 풀어내야겠다."

세종이 수양이 잔을 채우기 무섭게 비워냈다.

"유야, 이 아비가 너에게 정말 면목이 서지 않는구나."

수양이 대화를 잇는 대신 자신의 잔을 비워냈다.

"이 아비가 아비로서는 하지 말아야 할 생각을 하고는 했었어."

"저로서는 무슨 말씀이신지 이해하기 힘듭니다."

"한때 네 문제로 이 아비가 마음고생이 심했다. 너를 어찌 처리해야하는 하는지 고민에 휩싸인 적이 여러 날 있었어."

"상세하게 말씀 주세요."

"세자, 아니 세손의 왕위를 온전히 보전하기위해 너를 희생시켜야겠다고 생각했었다. 세손이 보위를 이을 때 가장 위협이 되는 존재로 너를 염두에 두었었지."

수양이 침묵을 지켰다.

"그런데 왜 실행하지 않았는지 아느냐?"

"저로서는 뭐라 드릴 말씀이 없습니다."

"이 아비는 길게 본 게야. 세손이나 아들이나 매한가지로 이 아비에게는 조선의 사직을 공고히 하는 게 중요하다 판단한 게야."

수양이 가만히 세종의 말을 정리해보았다. 순간 아버지의 지독한 실리가 번뜩 스쳐지나갔다. 아버지의 말의 요체는 사람이 중심이 아니라 조선의 사직이라는 실리를 즉 순간보다는 역사를 중시한다는 의미로 요약되었다.

순간 수양이 무릎을 꿇었다.

"왜 그러는 게냐."

"이 불효자를 용서하여주십시오."

"불효자라니, 다 이 아비의 잘못이야."

"아닙니다. 아버지께서 그리 마음 고생하도록 만든 제가 불효자 중 불효자입니다."

"그렇다면 이 아비에게 약조해줄 수 있느냐?"

"약조라니요. 아버지 말씀 한 치의 오차도 없이 따르겠습니다."

"훗날, 그리 길지 않은 순간에 세손이 보위에 오를 듯하구나. 그런 경우 네가 세손의 후견인이 되어 조선을 이끌어 줄 수 있느냐?"

이른바 섭정의 문제였다. 아버지는 나이 어린 홍위가 성인이 될 때까지 실질적으로 조선을 운영하라는 의미였다.

"형님께도 이런 말씀하셨습니까?"

수양이 정색하고 세종의 빈 잔을 다시 채웠다. 기다리고 있었다는 듯 세종이 잔을 비워냈다.

"네 형에게는 이런 말 할 수도 없고 또 해도 아무런 소용이 없을 거야. 그저 너와 나 둘만의 약속이야."

순간 형인 세자를 향한 측은한 마음이 일어났다.

사랑의 결실

"의원님, 이유가 뭡니까?"

대부인이 몇날 며칠 복통으로 고생하자 수양이 퇴궐하면서 노중례와 함께 집에 들었다. 그로 하여금 대부인의 증세를 판단해보고자 함이었다. 한창 진맥하던 노중례가 손을 거두자 수양이 걱정스런 표정으로 입을 열었다.

"대군, 그리고 대부인 경하드립니다."

노중례의 말에 수양과 대부인이 무슨 뚱딴지같은 소리냐는 표정을 지으며 서로의 얼굴을 바라보았다.

"그게 무슨 말씀인가요?"

"대부인께서 임신하셨습니다."

대부인이 의문을 제기하자 노중례가 수양을 바라보며 미소를 보냈다.

"정말입니까, 의원님!"

대부인의 목소리가 절로 올라갔다.

"확실합니다. 그리고 진맥을 종합해보면 아들일 확률이 높습니다."

순간 수양이 노중례의 손을 덥석 잡았다.

"제 손을 잡을 일이 아니고 대부인의 손을 잡아주서야 할 일입니다."

"여하튼 고맙습니다."

"허허, 고마워할 대상도 제가 아니라 대부인이거늘."

"부인, 정말 고맙소."

노중례의 농이 어린 충고에 수양이 대부인의 손을 잡았다. 마치 그를 기다리고 있었다는 듯 대부인이 몸을 일으켜 세웠다.

"왜 그러오, 부인."

"이렇게 좋은 날 그대로 보낼 수는 없지 않습니까. 그리고 모처럼 전의께서 방문해주셨는데 그냥 보내실 수는 없는 일입니다."

"아무렴, 부인 말이 정답입니다. 당연히 그리해야 하고 말고요."

수양이 어린 아이처럼 마냥 들떠 있었다. 대부인이 그런 수양을 향해 미소를 보이고 밖으로 나섰다.

"대군, 기적에 가깝습니다."

"그러게 말입니다. 전혀 생각하지도 못했는데 아이가 들어서다니요."

"그나저나 얼마만입니까?"

"딸아이가 경유년(1941년) 생이니 어느덧 9년이란 세월이 흘렀습니다."

"대군, 다시 한 번 경하드립니다."

"그저 감사할 따름입니다."

"혹시 저 모르게 어떤 비책을 쓰신 건 아닌지요."

"비책이라니요."

"가령 약 같은…."

"스승님이 계신데 누구에게 약을 부탁하겠습니까. 절대 그런 일 없습니다."

수양이 손사래를 치며 대답하고는 지난 순간을 떠올렸다.

"형님, 어떠셨어요."

"포만감이라 표현해야 하나. 그런 기분 들었네."

수양이 부인과의 사랑 행위를 마치고 술상으로 돌아가자 수연이 몸을 일으키려는 대부인을 제지했다. 이어 대부인의 이마에 그리고 가슴에 송글송글 맺은 땀을 마른 수건으로 닦아주고 대부인의 아랫도리를 주시했다.

"제가 보아도 그런 듯하네요."

수연이 대부인의 아랫도리를 어루만지고 자신의 손을 바라보며 흡족한 표정을 지었다.

"이제 그만 일어나야겠네."

"아니에요, 형님. 그냥 누워계시면서 잠시 휴식 취하세요. 잠시 후 한 번 더 하시게요."

"한 번 더."

"이번에 반드시 옥동자를 잉태하셔야지요."

일어서려는 대부인을 제지하고 수연이 수양에게 다가가 술병을 들고 잔을 채워 수양에게 건넸다.

"서방님, 수고하셨어요. 이 잔 드시고 다시 시도해보세요."

수연이 잔을 넘기며 수양의 가운데를 바라보았다. 방금 전 일을 끝낸 탓인지 서서히 기운이 빠져들고 있었다. 그래서는 안 될 일이라 판단했는지 수연이 손을 뻗어 수양의 가운데를 만지작거렸다.

"한 번 더 시도하라고?"

"당연하지요."

수연이 콧소리를 내며 몸을 일으켜 수양의 뒤로 가서 양팔로 수양을 감쌌다. 이어 손으로, 가슴으로 그리고 자신의 아랫도리로 수양의 몸에 마찰을 일으키기 시작했다. 수양이 미세한 전율을 느끼며 잔을 비워내고 대부인을 바라보았다.

순간 대부인이 흡족한 표정을 지으며 미소를 보내고 있었다. 그 미소를 자신에게 빨리 오라고 판단한 수양이 자리에서 일어나 누워있는 대부인의 곁에 자리잡았다. 수연이 찰거머리처럼 수양의 뒤에 달라붙어 그대로 동선을 함께 했다.

"부인, 내가 한동안 너무 무심했었소."

"무엇을 말인가요."

"지금 이런 순간 말이오."

대부인이 이불을 제치고 몸을 일으켜 세워 수양의 손 그리고 뒤에서 수양의 앞 부분에서 헤매고 있던 수연의 손을 잡았다.

"제가 무심했던 탓이지요. 그런데 아우가 무심을 유심으로 돌려놓은 게지요."

"그래요. 당신 아우 그리고 내 작은 아내의 공이 적다하지 않을 수 없소."

수양이 말을 마치자마자 뒤에서 움직이고 있던 수연을 앞으로 이끌었다.

"자네는 어떻게 이런 생각했는가?"

대부인이 가까이 다가온 수연의 볼을 살며시 어루만졌다.

"제 눈에도 두 분 사이에 잠자리 부분이 너무 무심해보였어요. 그 일이 혹시나 저로 인해 그런 게 아닌가 생각 들었고요. 그런 경우라면 그래서는 안 된다고 생각했습니다. 그리고 형님도 아직 한창이시잖아요."

"한창이라고."

짧게 답한 대부인이 자신의 몸을 세세하게 살펴보았다.

"대군 생각도 그런가요."

수양이 대답 대신 대부인의 입에 입을 맞추고는 그대로 앞으로 기울자 두 사람의 몸이 순간적으로 포개졌다.

"형님, 이번에는 자세를 뒤로 해보세요. 그래야 사랑의 결실을 볼 확률이 높아질 거 같아요."

대부인이 무슨 소린지 의아해하자 수연이 자신의 상체를 앞으로 기울여 두 손을 바닥에 대고 낮게 자세를 취하고 반대로 엉덩이는 치켜세워, 흡사 쥐를 잡으려 공격하기 전 고양이의 모습을 연출했다. 대부인이 잠시 수양의 표정을 살피고는 수연과 똑같은 자세를 취했다.

그를 바라보던 수양이 앉은 자세에서 무릎을 세우고 부인의 골반을 양손으로 잡았다.

"서방님, 잠시만요."

몸을 세운 수연이 무릎걸음으로 다가가 대부인과 수양의 가운데 부분을 살펴보았다.

"형님, 조금만 더 세우세요."

수연이 말과 동시에 자신의 가슴을 대부인의 등에 밀착시키고 양손으로 대부인의 넓적다리를 잡고 보조를 맞추어주었다.

"서방님 이제 삽입하세요."

수연의 말대로 수양이 자신의 가운데를 대부인에게 삽입했다. 그를 살핀 수연이 대부인의 다리에서 놀던 한 손을 떼어 그 사이에 넣어보았다. 수연의 손이 들어가지 못하고 주위를 맴돌았다.

"형님, 어떠세요."

"방금 전...보다 더욱 꽉... 찬 느...낌 드네."

"제가 보아도 그래요. 서방님, 이제 천천히 왕복운동을 시작하세요."

수연의 지시에 따라 수양이 자신의 하반신을 움직이기 시작했다.

"서방님 그리고 형님. 너무 후사만 생각하지 마시고 이 순간을 즐기세요."

"그건 무슨 소린고."

대부인의 목소리가 미세하게 갈려 있었다.

"두 분 그 누구보다 서로를 사랑하시잖아요."

"당연히 그래야 하는 게 아닌가."

"그야 물론이지."

수연의 말에 대부인과 수양이 동시에 답했다.

"그런데 두 분이 사랑을 그저 상대방을 존중하는 일로만 생각하고 있는 듯해요."

"아우, 그....러...면."

"존중함과 동시에 서로를 탐닉하여 서로가 지니고 있는 느낌까지 공유해야지요. 그러면 부부 사이에 더 큰 사랑이 이루어지지요. 즉 마음과 몸이 완벽하게 하나로 조화를 이룰 수 있답니다."

수양이 수연의 얼굴을 바라보다 자신의 양손으로 대부인의 엉덩이 그리고 가슴을 어루만지기 시작했다. 서서히 대부인의 호흡이 거칠어지고 있었다.

"서방님, 이제 속도를 더하세요."

수연의 제안에 수양, 대부인 그리고 수연이 하나 되어 짧지 않은 순간을 보내고는 세 사람 모두 희열의 한숨을 토해내고 다시 상 앞에 자리했다.

"대군, 참으로 황홀했습니다."

"나도 그랬소."

대부인이 자세를 바로 하고 수양의 빈 잔을 채워주자 수양이 흡족한 표정을 지으며 두 사람을 번갈아 바라보았다.

"그런데 아우는 어떻게 이런 생각했는고."

"실은 일전에 친정어머니를 뵌 적 있어요. 그 자리에서 서방님과 형님의 잠자리 아니, 후사를 이야기하자 어머니께서 비책을 알려주셨어요."

"비책!"

"바로 형님의 시샘을 자극하라고 하셨어요. 형님이 후사를 원하는 마음을 자극하여 몸에 전이시키라고요. 그리고 이건 제가 생각한 건데."

"그게 무엇인가."

"서로가 서로를 즐겨야, 즉 몸과 마음이 하나 되어야 그 결실도 자연스럽게 들어설 거라고 생각했어요."

대부인이 미소를 보이며 방 한편에서 혼자 놀고 있던 서를 안아 들었다.

"그래서 자네가 이 상황을 연출했고."

수연이 대답 대신 서를 안고 있는 대부인에게 몸을 기울였다. 대부인이 자신의 젖을 서에게 물리고 한 팔로 수연의 어깨를 감쌌다. 그러자 수연이 자유로운 대부인의 다른 젖을 자신의 입에 넣고 길게 빨아들였다.

"부인, 우리 자주 이렇게 사랑을 나누면 어떻겠소."

수양이 흡족한 표정을 지으며 제안하자 대부인이 대답 대신 미소를 보내며 고개를 끄덕였다.

방문이 열리며 상이 그리고 뒤를 이어 아기를 안고 있는 대부인과 수연이 들어섰다.

"작은 부인을 오랜만에 뵙니다."

"전의께서 오셨다는 말씀을 듣고 염치 불고하고 이렇게 뵈옵니다."

"염치 불고라니요. 이렇게 보니 이제 작은 부인도 당당한 이 집의 일원으로 보입니다."

"언제는 안 그랬다는 말씀으로 들립니다만."

"그럴 리가요."

두 사람의 대화에 대부인이 끼어들자 노중례가 가볍게 손사래를 쳤다.

"식사하시기 전에 이 아기를 보십시오."

"이 아이는."

"물론 제 아우 아니 우리 모두의 아기지요."

아기를 세세하게 들여다본 노중례가 가볍게 혀를 찼다.

"왜 그러십니까, 의원님."

"이 아기를 바라보니 대부인께서 임신한 이유를 어렴풋이 알듯하여 그럽니다."

노망

"형님, 이참에 제 집으로 아버지를 모시려 합니다."

"아우가 수고를 자처하겠다니 이 형으로서는 그저 고마울 따름이야. 그런데 능히 감당할 수 있겠느냐."

수양이 막내동생인 영응대군, 이염과 함께 안숭선의 집으로 바삐 걸음을 옮기고 있었다. 세종이 효령대군의 사위인 이서의 집으로부터 세종 시절 가장 오랜 기간 도승지를 역임했던, 세종의 복심이라 일컬을 정도로 신뢰했던 안숭선의 집으로 이어한 탓이었다.

"자식된 도리로 즐거운 마음으로 감내해야지요."

"그게 그리 간단하지 않으니 문제 아니냐."

"간단하지 않다니요?"

"일전에 아버지께서 이서의 집에 이어했을 당시 형님을 뵈었단다."

"무슨 특별한 일이 있었습니까?"

"아저씨, 어인 일입니까?"

이서의 집에 들자 아버지를 만나기 전에 이서를 통해 도승지와 만남을 가졌다. 이사철이 답에 앞서 허공을 바라보며 길게 한숨을 내쉬었다.

"왜 그러세요?"

"저로서도 어떻게 말씀드려야 할지 실로 난감합니다."

"말씀주세요."

"저를 포함하여 모든 신료들이 궁궐을 비울 수 없다고 극구 반대했음에도 불구하고 막무가내로…."

"아버지는 그렇다고 해도 형님도 지금 이곳에 머물러 계신다는 이야기를 들었습니다."

"그러니 더욱 문제 아니겠습니까. 두 분 모두 궁궐을 비우고 있으니."

"도대체 두 분의 속셈이 무엇이랍니까?"

수양의 목소리가 절로 올라갔다. 그러자 곁에 있던 이서가 당혹스런 표정을 지었다.

"자네에게는 그저 미안한 마음뿐이네. 자네에게 몹쓸 일을 하고 있는 게야."

"아닙니다, 매형. 저로서는 잠시지만 전하를 모시는 영광을 누린다고 하지만 이 일 쉽사리 납득하기 힘듭니다."

"대군, 일전에."

이사철이 말하다 말고 이서를 주시했다. 그러자 그 시선의 의미를 살핀 이서가 자리를 물렀다.

"무슨 내막이라도 있습니까?"

"신이 퇴궐한 시간에 누군지 알 수 없지만 전하의 명으로 한 점쟁이가 궁에 들었다고 합니다."

"점쟁이라니요?"

"혹시 선왕 때의 일을 알고 계십니까?"

"말씀 주시지요."

"선왕의 정비인 원경왕후께서 편치 않자 액을 막는다는 차원에서 점쟁이의 말대로 본궁(이방원의 잠저)으로 이어한 적 있었습니다."

"아버지도 한때 그런 경우가 있었지 않습니까."

"물론 그런 시도는 있었지만 전적으로 신뢰하지 않으셨었습니다."

"여하튼, 그렇다면 아버지와 형님도 그런 경우입니까?"

"자세한 내막은 알 수 없고 저로서는 그저 그리 추측할 뿐입니다."

"허허, 거참. 일개 점쟁이의 말을 곧이곧대로 들으시고 궁궐이 아닌 궁 밖으로 이어하셨다니 도대체 무슨 일인지 모르겠습니다."

"딱히 그렇다는 이야기는 아닙니다. 제 짐작이 그러하다는 말이지요."

"아저씨가 누구십니까. 아저씨께서 그리 생각하시다면 그런 게지요. 여하튼 아버지를 만나 봐야겠습니다."

"대군, 전하에 앞서 세자 저하를 먼저 만나 봄이 어떠할지요."

막 걸음을 옮기려던 수양이 잠시 멈추고 생각에 잠겨 들었다.

"아저씨 말씀대로 그 편이 오히려 이로울 듯합니다. 그리 하시지요."

이사철의 안내로 세자가 머물러 있는 장소에 이르자 이사철이 눈짓을 보냈다. 자신을 빠질 터이니 두 사람이 대화를 나누어보라는 의미였다. 그를 간파하고 그곳에서 시중들고 있는 상궁의 안내로 세자가 묵고 있는 방으로 들었다.

"형님, 이 어찌된 일입니까?"

막상 말을 꺼내놓고는 아차했다. 형의 안색이 창백하기 이를 데 없던 탓이었다.

"형님, 안색이."

"아우가 그리 공을 들여 재를 올려주었는데, 그 당시 잠시 차도를 보이는 듯했는데 그리 오래 가지 않고 있구나. 그건 그렇고 어인 일이냐?"

"어인 일인지 제가 묻고 싶어 한걸음에 달려오지 않았습니까."

"무엇 때문에."

"아버지도 그렇지만 형님까지 이곳에 머무시는 그 이유가 무엇이며 또 두 분이 동시에 궁궐을 비워도 되는지 아연하기만 합니다."

세자가 길게 한숨을 내쉬고 곤혹스런 표정을 지었다.

"형님, 속 시원하게 말씀 주세요."

"형으로서 자네에게 정말 몹쓸 일 하는구나. 일이 이리 되기 전에 자네에게 먼저 알려주었어야 하는데."

"그러니 지금이라도 속 시원하게 말씀주세요."

"먼저 일이 이리된 사유다. 아버지께서 일전에 점쟁이를 부르셔서 말씀을 들으셨단다. 궁궐 안에 사악한 기운이 퍼져 있어 잠시 이곳, 선한 기운이 일시적으로 감돌고 있다는 이서의 집으로 이어하심이 옳다고."

"그래서 아버지께서 점쟁이 말을 믿으시고 이곳으로 이어하셨고. 결국 형님도 아버지 말씀대로 이곳에 머무시는 게군요."

"궁궐이란 게 별거 아니지 않겠느냐. 아버지께서 기거하시는 곳이 결국 궁궐 아니겠니."

수양의 힐난에 세자가 급히 말을 돌렸다.

"그래요, 제가 생각이 짧았습니다. 아버지와 형님이 기거하는 곳이 궁궐이나 진배없지요. 그런데 그 생각이 일개 점쟁이의 세 치 혀에서 나왔다는 게 문제 아닙니까."

"결국 자네 이야기는 나를 향하고 있구나."

"그런 의미가 아니지요. 제가 걱정하는 건 만에 하나 발생할지도 모를 불상사를 막고자 함입니다. 혹시라도 아버지나 형님의 건강이 위중해지면 변변한 의료 시설도 갖추지 못하고 있는 이곳에서 불행한 일이 발생하지 않는다는 보장이 없지 않습니까."

세자가 이번에는 가늘게 한숨을 내쉬었다.

"자네 말이 백번 옳아. 그러나 자식된 도리로…."

그 다음 말은 듣지 않아도 빤했다. 생전 아버지 말씀이라면 토씨
하나 달지 않았던 형님의 고충이 전해지는 듯했다.

"형님, 아버지를 뵙고 궁궐로 속히 돌아가십사고 청하려고 왔습
니다."

"자네가."

"형님이 말씀드려 주시겠습니까."

세자가 즉답에 앞서 수양의 손을 잡았다. 그 손에서 창백한 표정
처럼 서늘한 느낌이 전해지고 있었다.

"내가, 이 형이 해야지."

"그러면 그 일의 결과가 형님은 이서의 집에 남겨두고 아버지만
안숭선의 집으로 이어하신 겁니다."

"참으로 이해하기 힘들구나."

"허허, 그것 참."

염이 나이에 걸맞지 않게 혀를 차자 수양이 쓴웃음을 지며 바라
보았다.

"여하튼 걸음을 재촉하자꾸나."

두 사람이 걸음에 속도를 더하자 머지않아 안숭선의 집에 도착했다. 대문에 들어서자 저만치서 한 여인이 마당을 서성이고 있었다. 그를 확인한 염이 앞장섰다.

"마마, 여기서 왜 이러고 계십니까."

염이 자연스럽게 마마라고 부른 여인이 수양과 염의 앞으로 나섰다.

"수양이 신빈마마를 뵙니다."

"어서 오세요, 대군들."

신빈이 마치 두 사람의 방문을 기다리고 있었다는 듯 두 사람의 손을 잡고 한쪽으로 이끌었다. 순간 수양이 염에게 눈짓을 보냈다.

"마마께서 거처하시는 곳으로 자리를 옮기시지요."

"실은 나도 대군들을 만나보고 싶던 차라네. 그러니 어서 그리 가시게."

신빈 김씨는 수양대군 특히 영웅대군에게는 각별한 여인이었다. 비록 세종의 후궁이었지만 어린 영웅대군에게 신빈은 어머니를 대신하여 젖을 먹여 키운 즉 친어머니인 소헌왕후와 진배없는 여인이었다.

"조만간 큰일이 일어날 듯합니다."

"마마, 알기 쉽게 말씀 주세요."

"전하께서 몸은 물론 마음까지 성치 못하세요."

"마음까지요?"

두 사람이 동시에 보인 반응이었다.

"마마, 상세하게 말씀해주세요."

수양의 다그침에 신빈이 잠시 천장을 바라보았다. 순간 그녀의 눈가로 미세하게 눈물이 흘러내리고 있었다.

"마마!"

염이 다가가 신빈의 손을 잡았다.

"어떻게 된 연유인지요?"

"대군이 이서의 집에 다녀간 직후 세자 저하께서 전하를 뵙고 궁궐로 돌아가기를 강력하게 요청드렸다오. 그런데."

"그런데 뭐요."

"허허, 염아. 마마께서 천천히 말씀하시게 재촉하지 말거라."

염이 머쓱했는지 신빈을 잡았던 손을 놓고 제 머리를 긁적였다.

"전하께서 다시 점쟁이를 불러들이고는 일이 이리 결정되었다오."

"이런 죽일 놈의 점쟁이를. 혹시 마마께서 그 점쟁이를 알고 계신지요."

"왜요?"

"다시는 그 요망한 입을 놀려대지 못하도록 하렵니다."

"지금은 그런 일을 처리할 게재는 아니고. 여하튼 전하께 극구 부탁드렸어요. 기왕지사 이어하신다면 막내인 영웅대군의 집으로 옮기시자고."

"그런데요."

"전하께서 점쟁이에게 무슨 말을 들으셨는지 한사코 이 집을 고집하셨다오."

"결국 마마 말씀대로 정신도 온전치 못하신 게군요."

"그렇다고 보아야하지 않겠어요. 점쟁이의 말만 오로지 하고 있으니."

유언

"아버지 차도가 어떠시냐?"

"의원들 말로는 이 달을 넘기지 못하실 거라 했습니다."

막냇동생인 영응대군 염이 수양의 집으로 아버지의 전갈, 급히 염의 집으로 오라는 전언을 받고 염과 함께 이동하고 있었다.

"그런데 형님, 어떻게 아버지와 형님이 제 집으로 이어하셨는지 궁금합니다."

"당연히 그리해야 할 일 아니냐."

"혹시 형님께서."

염이 말하다 말고 수양의 얼굴을 주시했다.

"그게 궁금하냐."

"워낙 아버지 의지가 확고하셔서."

"내가 손 좀 봤다. 그러니 그렇게 알고 있어."

"손을 보다니요?"

"일전에 신빈 마마로부터 점쟁이의 소행이란 소리를 듣고 자네가 잠시 자리를 비운 사이 그 사람의 이름과 소재를 파악하고 그날 밤 바로 그 점쟁이를 잡아 족쳤다."

"죽였다는 말인가요."

"죽였으면 일이 이리 성사되었겠느냐."

"하오면."

"내가 점괘를 전해주고 아버지께 그대로 전하라 한 게야."

"그러니까."

염이 말하다 말고 가볍게 웃어 젖혔다.

"좌우지간, 형님은 대단하세요."

"대단하다니."

"글이면 글 무예면 무예 모두 정통하고 또 배짱도 일품이잖아요."

"그러니."

나이 어린 동생의 찬사에 가볍게 미소를 보이고는 걸음을 서둘렀다. 아버지께서 자신을 찾는 이유를 살펴 보건데 염의 말마따나 생이 얼마 남지 않았다는 직감을 받은 터였다.

"지금 아버지는 누가 돌보고 있느냐."

"신빈마마 외에 더 있겠어요. 아니, 아버지께서 신빈마마만 찾고 계십니다."

"그 분은 나 그리고 특히 너에게는 고마운 분인데 향후 어쩌시려는지 모르겠구나."

"그렇지 않아도 제 집에 마마의 처소를 마련하였습니다."

"무슨 이유로."

"형님 말씀대로 신빈마마는 제게는 어머니와 같은 분 아니십니까. 그러니 여생은 제가 모시려 합니다."

"네 마음 씀씀이는 가상하다만 일이 그리될지 모르겠다."

"왜요?"

"워낙 올곧게 살아오신 분 아니냐. 그러니 관례대로 아버지께서 생을 마감하시면 절로 들어가실 것 같아."

"보위에 오를 큰형님께 부탁하면 되지 않을까요?"

"형님이 나서서 만류하여도 비구니로 생을 마감하실 듯해. 혹시 혜빈이라면 모르지만."

두 사람이 이런 저런 이야기로 염의 집에 당도하자 마침 신빈이 세종의 거처 앞을 서성이고 있었다.

"어서 들어요, 대군. 그렇지 않아도 주상께서 간절히 기다리고 계십니다."

수양이 가볍게 예를 올리자 신빈이 수양을 세종이 거처하고 있는 곳으로 들이고 염과 뒤에 남았다. 수양이 잠시 걸음을 멈추고 신빈을 바라보자 신빈이 홀로 들라는 듯 고개를 주억거렸다.

수양이 방으로 들어서자 아랫목에 흡사 죽은 사람처럼 가지런하게 누워있는 세종의 모습이 한눈에 들어왔다. 수양이 급히 곁으로 다가갔다. 눈을 감고 누워있는 아버지가 간간히 가래 끓는 소리를 내고 있었다.

"아버지, 저 유입니다."

수양이 세종의 팔을 가볍게 흔들자 서서히 세종의 눈이 떠지고 있었다.

"언제 왔는고."

"전갈을 받자 바로 출발하여 금방 도착하였습니다."

수양임을 확인한 세종이 천천히 몸을 일으켜 세우려했다. 그러나 마음처럼 몸이 쉽사리 따라주지 않고 있었다.

"그냥 누워계세요."

"아니다, 내 네게 긴히 할 말이 있으니 나 좀 일으켜다오."

"그냥 누워서 말씀하세요."

"누워서는 말을 할 수 없기 때문이야. 그러니 일으켜다오."

가래 끓는 소리가 목소리와 함께 흘러나왔다. 수양이 천천히 세종의 상체를 일으켜 세우고 한 팔을 등 뒤로 옮겨 부축했다.

"유야, 너도 주지하다시피 이승에서의 내 삶을 마무리 할 순간이 다가왔다. 그래서 이곳에 남겨질 네게 이 아비가 긴히 부탁하고자 이렇게 불렀다."

온몸에 힘을 주어 한마디 한마디 내뱉고 있는 세종의 얼굴에 시퍼런 심줄이 돋아나고 있었다. 수양의 마음이 아려오기 시작했다. 수양이 자신의 머리를 가만히 아버지의 어깨에 기댔다. 순간 이상한 냄새가 미세하게 흘러나오고 있었다. 죽음을 목전에 둔 사람으로부터 풍겨나오는 메스꺼운 냄새였다.

"아버지!"

수양이 기어코 울음을 터트렸다. 잠시 후 방문이 열리며 염이 모습을 드러냈다. 염이 잠깐 동안 방안의 모습을 살피고 문을 닫았다.

"조선의 왕으로서 이 아비에게 가장 소중한 일이 무엇인지 아느냐?"

"제게는 어려운 질문입니다."

"그래, 임금이 아닌 그리고 그 자리에 올라서보지 않은 네게는 어려운 질문이겠구나."

"무엇인지요."

"세자로 책봉되고 지금 이 순간까지 내게는 개인의 삶이란 존재하지 않았던 듯해. 오로지 왕이란 꼭두각시의 삶만 존재했지. 한편 살피면 불행하지 않았나 하는 생각까지도 일어나는구나."

세종이 말을 멈추고 힘들게 한숨을 토해냈다. 다시 가래 끓는 소리가 일어났다.

"나는 임금으로서도 그리고 개인으로서도 실패한 듯하구나."

수양이 세종의 말을 곰곰이 새겨보았다. 이야기의 방향이 초점을 맞추지 못하고 있었다. 순간 아버지의 눈을 바라보았다. 눈동자 역시 초점을 잃고 있었다.

"아버지, 잠시 누워서 쉬시고 말씀 주세요."

"아니다. 이제 눈을 감으면 다시는 뜨지 못할 것같아. 그러니 마저 이야기하마."

수양이 세종을 부축하고 있던 팔에 힘을 주었다.

"사람에게는 시작 못지않게 마지막이 중요하다는 사실을 이제야 알겠구나. 오히려 마지막 순간이 더욱 중요하다는 생각이야. 그런데 나의 삶은 전혀 그러지 못했다는 생각이 드는구나."

"아닙니다, 아버지. 아버지는 만세에 성군으로 기록될 것입니다."

"금방 만세라고 했느냐."

"당연합니다. 만세 또 만세에 그리 기록될 것입니다."

"네 이야기를 들으니 힘이 솟아나는구나. 그런데 유야, 너 그거 아니."

"무엇 말인가요."

"지금 이 순간 조선이 최고의 위기를 맞고 있어."

"당치 않으십니다. 조선은 아버지의 업적으로 더욱 번창할 것입니다."

세종이 고개를 돌려 씁쓰름한 미소를 보내며 수양을 바라보았다.

"너희 증조할아버지 그리고 할아버지께서 조선을 건국하시면서 고조선의 뒤를 이어 천년왕조의 조선을 열리라 다짐하셨었다. 그런데 지금 우리 실정을 살피면 천년 왕국은 어려워 보이는구나."

"아버지, 왜 자꾸 부정적으로만 보세요. 형님이 있고 또."

수양이 말을 잇지 못했다.

"그래 또 뭐냐."

세종이 순간적으로 말에 힘을 주었다. 그러나 수양은 차마 답할 수 없었다. 수양의 모습을 살피던 세종이 수양의 손을 잡았다.

"이 아비는 너를 믿는다. 네가 든든하게 버팀목이 되어 이 조선의 사직이 영원토록 지속되도록 해야 할 거야. 약속해 줄 수 있느냐."

"약속이 무어란 말씀입니까. 당연히 그리하는 게 자식의 도리지요."

"유야!"

세종이 수양을 잡은 손에 힘을 주었다.

"말씀하세요."

"이제 실질적인 이야기해보자꾸나."

"실질적이라니요?"

"지금까지는 그저 원론적인 이야기만 하지 않았느냐. 그러니 이

제 앞으로의 일 즉 이 조선의 사직이 천년만년 이어지지 못하게 되는 경우를 이야기해보자는 거야."

"형님이 그리고 조카가 잘 해내리라 믿고 있습니다."

"정녕 그리리라 생각하느냐?"

"당연합니다, 아버지."

"너는 네 형 즉 세자의 문제를 알고 있느냐?"

"형님에게 문제라니요."

"네 형의 문제는 몸이 아니라 마음이라는 걸 모른다는 말이냐."

수양이 즉답에 앞서 세종의 얼굴을 바라보았다. 평정심을 유지하려 안간힘을 쓰는 아버지의 모습에 강건함이 배어있었다.

"상세하게 알지 못하고 있었습니다."

"네 형은 이 아비를 빼닮은 게야. 그리고 너는 네 할아버지를 그대로 빼 닮고."

"그 말씀이 무슨 의미인지요."

"내가 판단을 잘못한 게야. 이제는 그저 태평성대를 구가하기만 하면 될 줄 알았는데, 그러기에는 아직 뿌리가 견고하지 않았던 게야."

"그렇다면 아버지께서는 제가 어찌하기를 바라시는지요."

"네가 사직의 중심에 서라는, 사직이 제 길을 잃고 헤맬 경우 네가 나서라는 이야기다."

"아버지, 혹시."

"혹시라도 그런 경우가 발생한다면 네 할아버지처럼 보위를 쟁취해야 할 거야."

순간 수양의 머리카락이 곤두서는 듯했다.

"아니 됩니다. 그런 일이 일어나서도 안 되고 또 그런 일은 절대로 발생하지 않을 겁니다."

수양이 힘주어 말하자 세종의 가래 소리가 높아지기 시작했다.

뿌리째 뽑힌 나무 앞에서

"여보, 이제 그만 내려가. 몸에 흐른 땀이 식으면서 한기가 몰려오고 있어."

아내에게 다가가 손을 아내의 목덜미로 가져갔다. 서늘한 느낌이 감지되었다. 즉각 아내의 손을 잡아 나무 그루터기에서 일으키고 천천히 걷기 시작했다. 아내 말마따나 내 등에서도 한기가 몰려오고 있던 터였다.

"이번에는 어디로 여행 다녀올까."

아내가 잠시 걸음을 멈추고 생각에 잠겨 들었다는 듯 나를 주시했다.

"우리 울릉도 다녀오면 어때."

울릉도를 되뇌며 잠시 지난 시간을 떠올렸다. 몇 년 전 봄에 아내와 함께 울릉도를 가기로 약속했었다. 그리고 그곳을 가기 위해

예약을 진행하던 중 비보가 전해졌다. 가슴에 통증을 느꼈던 아내가 병원을 방문하고 암 판정을 받았다. 결국 암 수술을 받고, 울릉도 대신 병상에서 시간을 보내야 했다.

"그런데 당신은 외국 여행은 별로인 모양이지."

"외국도 좋지만 그보다도 국내에 가보지 않은 곳을 다녀보고 싶어. 요즘 같은 시대에 굳이 외국 여행 고집할 필요 없잖아. 집에서 TV 화면으로 간접 경험할 수 있잖아."

"화면으로 보는 모습과 실제는 다른데."

"외국 여행을 고집하지 않는 데는 그 부분도 한몫하고 있어. 실제로 가보면 조금 실망하게 되거든."

아내의 말에 지난날 외국 여행을 다니며 마주했던 풍광들을 떠올려 보았다. 아내 말마따나 화면으로 보는 장면과 실제는 다소 차이를 보였었다.

"그래서 이제는 국내 여행에 치중하려고?"

"꼭 그건 아니야. 다만 지금 상태가 그럴 뿐이야."

"어디를 갈지는 당신이 결정하도록 해. 서방님은 그저 당신 곁에 함께할 테니까."

아내가 내 손에 잡힌 손을 빼고 팔짱을 껴 왔다. 그렇게 걷기를 잠시 저만치 앞에 뿌리째 뽑혀 쓰러진 나무들이 시선에 들어왔다. 순간 몇 년 전 발생했던 태풍 닝닝이 떠올랐다. 강력한 바람과 비를 몰고 온 닝닝이 가장 활발하게 움직이던 시간대에 수락산을 오르기 위해 아내의 걱정을 뒤로하고 집을 나섰었다.

산 초입에 둘러쳐진 '입산금지'를 알리는 노란 띠를 우회하여 산을 오르기 시작하자 수락산이 고통에 몸부림치고 있었다. 세찬 비와 함께 나뭇잎은 물론이고 부러진 나뭇가지들이 날아다니는 모습에 바람소리까지 더해져 한마디로 아비규환을 방불케 했다.

그를 바라보며 잠시 걸음을 멈추고 망설였다. 아내의 걱정처럼 혹시 발생할지도 모를 불상사 때문이었다. 순간 수락산 주인은 나라는 생각이 일어났고, 심호흡을 하고 다시 걸음을 이어나갔다.

잠시 후 가파른 오르막길을 마감하고 능선에 올랐을 때 처참한 모습이 시선에 들어왔다. 아마도 방금 전에 발생했던 모양인데, 능선 초입에 당당하게 서서 여름날 시원한 그늘을 제공해주었던 나무들이 뿌리째 뽑혀 어지럽게 쓰러져있었다.

온몸에 부딪치는 바람을 무릅쓰고 쓰러진 나무들 곁으로 다가가 우회할 수 있는 방법을 찾았다. 그러나 한그루가 아닌 여러 나무들이 쓰러지면서 얽히고설켜 길은 고사하고 앞 모습도 볼 수 없는 지경이었다.

그 앞에서 잠시 망설이다 결국 하산을 결심하고 집으로 돌아왔다. 그리고 그 다음날 다시 수락산을 찾아 산 전체를 누비고 기막힌 사실 확인하게 된다. 산의 여타 지역은 온전한 상태를 유지하고 있는 데 비해 내가 주로 이용하는 길만 쓰러진 나무들로 쑥대밭이 되었다는 사실 말이다. 그 뿐만 아니었다. 크지 않은 바위들 역시 바람을 견디지 못하고 굴러 내려 일부 등산로가 사라지기까지 했었다.

"여보, 왜 쓰러진 나무들을 그대로 방치하고 있어. 보기 흉측하잖아."

아내가 등산로 옆으로 뿌리째 뽑혀 쓰러진 나무 앞에서 걸음을 멈추었다.

"나는 이게 오히려 더 자연스럽다 생각하는데."

"왜?"

"당신 관점에서 바라보지 말고 자연이란 틀에서 바라 볼 일 아닌가. 즉 자연스런 자연 현상에 인간이 개입해서는 안 된다는 이야기야."

"죽은 나무들이 시간이 흐르면서 썩어 비료가 되어 산을 온전하게 유지한다는 의미네."

"그게 자연의 순리지."

"우리네 삶도 마찬가지고."

아내가 맞장구를 쳐오자 팔짱 낀 손을 잡아주었다.

"여보, 이 뿌리째 뽑힌 나무를 보니 세종이 불현듯 생각나네."

"세종이 왜?"

"역사에서는 그를 가리켜 대왕이니 성군이니 치켜올리고 있지만 그 이면을 살피면 조선조 임금 중 가장 불행했던 사람 중 한명 아닌가 싶어서."

"무슨 근거로."

"한순간의 판단 실수로 인해 자신의 아들 손에 그에게 충성했던 수많은 신하들, 아들들, 손자 그리고 심지어 자신의 아내인 혜빈 양씨까지 죽임을 당했잖아."

"그게 세종 탓이야?"

"물론 수양대군의 주도로 그리 이루어졌는데, 일이 그리 진행된 데에는 세종 역시 자유로울 수 없지."

아내가 생각한다는 듯 잠시 침묵을 지켰다.

"당신 말도 일리 있지만 세종의 업적은 무시할 수 없잖아."

"예를 들면."

"무엇보다도 훈민정음 창제를 들어야 하지 않을까?"

"당신 그거 알아?"

"뭐?"

"훈민정음은 창제가 아니고 변형이란 사실."

"그게 무슨 말이야?"

"당신은 정통 사학을 공부해서 모를 수도 있겠는데, 여하튼 훈민 정음은 세종이 창제한 게 아니라 그 전에 존재했던 부호를 정제한 결과물이야."

아내가 의심의 눈초리를 보내고 있었다.

"다시 김시습 이야기가 나오게 되는데, 김시습이 남긴 징심록 추기를 살피면 세종이 훈민정음 28자의 근본을 징심록에서 취하였다고 기록되어 있거든."

"징심록?"

"신라 시대 박제상이 저술했다는 역사서로 일부만 전해지고 있는데 그 후손들이 김시습에게 그를 읽어보게 하고 인증을 받은 모양이야."

"그렇다고 해도 결국 그를 세상에 내놓은 사람은 세종이잖아. 그게 중요한 거 아닌가."

"그렇다면 세상에 내놓자마자 창고에 처박아둔 사람은 누군데."

나의 반문에 아내가 다시 침묵을 이어갔다.

"여하튼 훈민정음 즉 한글의 우수성은 당신 말대로 누구도 부인하지 못해. 그런데 아쉬운 점이 뭔지 알아."

"또 뭔데."

"훈민정음이 국보 70호로 지정되었다는 점이야. 기껏 시설물에 불과한 숭례문을 국보 1호로 지정한 현실을 살피면 참으로 황당하기 이를 데 없거든. 당연히 훈민정음을 국보 1호로 지정해야 할 일이지."

"당신 시각으로 바라보면 잘못된 점이 어디 한두 군데가 아니잖아."

"여하튼 그 이유 알아?"

"혹시 또 일본…."

아내가 잠시 침묵을 지키다 조심스럽게 입을 열었다.

"그러니 답답한 노릇 아닌가."

"나라에서는 그를 모르나."

"나도 아는 일을 왜 나라에서 모르겠어. 일전에 그와 관련하여 상세하게 칼럼도 게재했었는데."

"그런데 왜 수수방관하고 있어."

"그러니까 답답하지."

"나라도 그렇지만 사람들은 잘못을 지적해주면 왜 받아들이지 못할까."

"아마도 관심이 없는 게 아닐까 싶어. 자기와 관련 없는 일 혹은 이익이 되지 않는 일에는 전혀 신경 쓰지 않잖아. 결국 그렇게 살다 가는 게 인생이라 생각하는 게지."

"그러니 사람들이 당신을 고리타분하다고 하지."

"고리타분하다니 앞서가는 게지."

아내가 대꾸하지 않고 그저 웃기만했다.

"여보, 흥미로운 이야기해볼까."

아내가 맞장구를 치지 않고 그저 바라보기만 했다.

"왜 그래."

"세종 이야기하려는 거 아니야."

"허허, 귀신이 따로 없네."

잠시 헛웃음을 흘리고는 정색했다.

"이성계의 시호는 태조(太祖)고 이방원의 시호는 태종(太宗)이잖아. 그런데 세종의 시호는 세종(世宗)인데 비해 그 아들인 수양대군의 시호는 세조(世祖)란 말이야. 당신 그 이유 알아?"

"고려시대 그리고 조선시대 초를 살피면 조는 창업한 왕 즉 국가를 세운 왕을 지칭하고 종은 계통을 이어받은 왕을 지칭했는데."

아내가 말하다 말고 잠시 생각에 잠겨 들었다 말을 이었다.

"태조와 태종의 경우는 그런대로 이해할만 한데, 수양대군이 정란을 통해 왕의 자리에 올랐다고 해도 아버지를 종으로 그리고 그자식을 조로 표현한 부분은 납득하기 힘든데."

"내 생각을 이야기해볼게. 이방원의 시호를 태종으로 정한 이유는 이성계를 계승한 왕은 그의 형인 정종이 아니라 이방원임을 강조한 게고, 수양대군의 시호를 세조라 정한 이유는 세종의 정통성을 부여받은 왕은 세조며 아울러 세조가 세종을 능가하는 왕이란점을 부각시키고자 함이 아닌가 하는 생각 들어."

"세조가 세종의 적통임을 강조하기 위해 시호에 '세'를 사용한 부분은 그런대로 이해할 만한데 '조'를 사용한 부분은 쉽사리 이해하기 힘드네."

"아마도 그의 부인인 정희왕후의 작품이 아닌가 하는 생각이야. 당시 기록을 살피면 일부 신하들이 난색을 표했는데 정희왕후의 수렴청정을 받는 상황에 처했던 예종이 밀어붙이는 장면이 등장하거든."

"수양대군의 부인인 정희왕후가 대단한 여자였던 모양이야."

"오죽하면 여성의 시호에 '곧다'는 의미의 정(貞)자와 '빛나다'라는 의미의 희(熹)를 사용했겠어. 여하튼 시호가 나온 김에 세조의 능호도 이야기해줄게. 원래 세조의 능호는 태릉(泰陵)으로 정하기로 했었어. 그런데 정인지 등 신료들이 당나라 현종의 능호가 태릉이라는 이유로 부정적 의견을 내비쳤고, 결국 능호가 광릉으로 정해진 거야."

"능호를 태릉으로 정했던 사람도 혹시 정희왕후 아닐까."

"글쎄 그건 모르겠고. 내친 김에 더 이야기해보자고."

"무슨 이야기."

"현대 사람들 대다수는 정희왕후와 인수대비에 대해 착각하고 있어. 인수대비가 상당히 강직했던 여인으로."

"나도 지금까지 그렇게 알고 있는데."

"당신이 그렇게 알고 있을 정도니 일반 국민들도 착각하고 있지. 여하튼 인수대비의 인수는 '어질다'는 의미의 인(仁)과 '순수하다'는 의미의 수(繡)를 쓸 정도로 현숙한 여인이었어."

아내가 잠시 생각에 잠겨 들자 다시 말을 이었다.

"연산군의 생모인 폐비 윤씨 알지."

"당연하지. 그런데 왜?"

"다들 폐비 윤씨를 죽음으로 몰아간 사람이 인수대비로 알고 있는데 그 역시 정희왕후의 작품이었어."

"무슨 이유로."

"결자해지 차원이었지. 폐비 윤씨를 비로 들인 사람이 정희왕후였거든. 그런데 윤 씨가 너무 일찌감치 정희왕후를 흉내 내려, 어린 연산군을 등에 업고 권력을 휘두르려는 모습을 살피고는 배신감에 그녀를 죽음으로 몰아간 게야."

"수양대군과 정희왕후는 한마디로 부창부수였네."

"우리처럼."

득남

"오늘은 나와 함께 정사를 살핌이 어떻겠느냐."

"저도 그러고 싶지요. 그런데 아무래도 오늘 아내가…."

"제수씨가 왜."

수양이 말을 채 맺지 못하고 곤란한 표정을 지으며 문종을 바라보자 문종의 목소리가 순간적으로 올라갔다.

"실은 아내가 오늘내일 하거든요."

"출산을 말하는 거냐?"

"알고 계셨습니까?"

"알고 있다마다. 정말로 축하할 일이로구나. 그렇다면 어서 가보도록 해야지. 그래, 아들이냐 딸이냐."

순간 아연한 생각이 일어났다. 형인 문종이 자신은 물론 주변의 동향까지 세세하게 파악하고 있는 게 아닌가 하는 생각이었다.

"의원들 말로는 아들일 확률이 높다고 합니다."

"허허, 실로 축하할 일이로구나. 그런데 몇 년 만이지."

"9년만이지요, 9년."

"쉽지 않았을 터인데. 정말 축하하네."

"형님에게는 그저 송구할 일입니다."

"다 제 복이지 뭐. 여하튼 어서 가서 좋은 소식 전해주게."

형인 문종의 배웅을 받으며 편전을 나서자 서둘러 퇴궐준비를 했다. 문종에게 말한 대로 대부인의 출산이 임박했기 때문이었고 반드시 그 순간 곁에서 함께 해야 한다 생각하고 있었다. 궐문을 나서자마자 말에 올라 박차를 가했다. 그 상태서 고개를 돌려 경복궁을 바라보았다.

아버지 세종이 승하하고 나자 보위에 오른 문종이 신신당부했다. 한편으로 생각하면 지엄한 어명이었다. 매일 아침 궁궐에 들어 반드시 자신과 함께 하루를 시작하자는 이야기였다.

외견상 살피면 아우에 대한 지극한 신뢰의 증표로 여길 수 있으나 내막을 살피면 반드시 자신의 휘하에 두어 절대로 한 눈 팔지 못하게 하겠다는 일종의 올가미였다. 생각이 그에까지 미치자 슬그머니 미소를 흘려보냈다.

집에 도착하자 대부인의 출산이 임박했다는 말을 듣고 사랑으로 들었다. 왠지 기분이 이상했다. 출산하는 과정에 혹시 무슨 일이 생기지 않을까 하는 걱정이 일어났다. 그도 그럴 것이 아내 나이 이제 30대 중반에 접어들고 있었고 또한 무려 9년이란 기간 동안 출산해보지 않은 탓이었다.

그런 생각하기를 잠시 이내 고개를 가로저었다. 그래서는 안 될 일이다 싶었다. 그 생각에 이르자 그동안 대부인과 수연과 함께 했던 시간들을 떠올렸다. 세 사람이 함께 사랑을 나누는 행위가 어떻게 살피면 파격 즉 변태로 비쳐질 수 있었다.

그러나 사랑이라는 단어가 가슴에 배이자 그 행위가 너무나 아름답고 자연스럽게 다가왔다. 평상시도 그렇지만 사랑 행위에 몰두할 때는 세 사람이 셋이 아니라 하나인 듯했다.

"서방님."

수양이 한창 지난 날의 사랑 행위를 떠올릴 무렵 수연이 방문을 활짝 열고 들어섰다. 수양이 멍한 표정으로 수연의 상기된 얼굴을 주시했다.

"서방님, 축하드려요. 형님께서 방금 건강한 옥동자를 출산하셨습니다."

"부인은!"

순간 수연이 뾰로통한 표정을 지었다.

"서방님은 오로지 형님뿐이시지요. 형님도 아주 건강하세요."

말은 그리하면서도 수연이 수양의 품으로 찾아들었다. 수양이 품으로 들어온 수연의 허리를 감싸고 가볍게 이마에 입을 맞추었다.

"자네 형님이 건강한 아들을 출산하리라는 사실은 어느 정도 알고 있었지 않느냐. 그러니 당연히 아들에 앞서 자네 형님의 안위를 걱정하는 게 도리지."

"당연하옵니다, 서방님. 그리고 형님은 말이 여인이지 여장부 아니신가요."

"여장부라."

"웬만한 남자 저리가라 할 정도로 매사 당당하시잖아요."

"그건 맞는 말이네. 여하튼 어서 부인에게 가보자꾸나."

수양이 허리를 감싼 손을 풀자 수연이 양팔로 수양의 목을 휘감았다.

"여보, 왜 그래?"

수연이 대답하지 않고 그윽한 표정을 지으며 수양을 바라보았다. 수양이 그 의미를 헤아리기라도 하겠다는 듯 다시 수연의 허리를 양팔로 힘차게 감쌌다.

"형님이 소식 전하려고 왜 저를 서방님께 보내셨겠어요."

"무슨 특별한."

수양이 더 이상 말할 수 없었다. 수연의 입이 수양의 입을 덮친 탓이었다. 묘한 일이었다. 그 순간 수연으로부터 진한 향기가 흘러나오고 있었고 그 자극 때문인지 가운데가 경직되고 있었다. 대부

인의 출산일이 다가오면서 혹시라도 부정 타지 않을까 하는 생각
에 수연과의 사랑행위도 자제했던 터였다.

"형님께서 서방님과 잠시 함께하고 모셔오라 하셨어요."

"그게 무슨 소린가?"

수연이 수양의 목을 감쌌던 팔을 풀고는 수양의 옷고름을 만지
작거렸다.

"서방님 진정 모르신다는 말씀이신가요."

수양이 자신의 옷고름을 풀어 제치는 수연을 바라보며 잠시 생
각에 잠겨 들었다.

"그러면 자네도 시샘을."

수연이 답하지 않고 하던 행위를 지속했다. 이어 수양의 상체가
적나라하게 드러났다.

"아기가 건강하고 너무나 예뻐서."

"그래서 자네도 그런 아기를 원한다는 이야기로 들리는데."

"간절한 소망은 이루어진다는 말이 있지 않은가요."

"그렇다면 내 어찌 내 아내의 간절한 소망을 저버릴 수 있겠느냐."

말을 마침과 동시에 수양과 수연이 한 몸이 되어 짧지 않은 시간
을 보냈다.

"이제 시샘이 충족되었느냐."

"충족되려면 아직 멀었지요."

수연이 일을 끝마치고 옷을 입으려는 수양의 가운데를 어루만지다 곁에 있던 수건으로 정성스럽게 닦아주기 시작했다.

"그러면 충족될 때까지 멈추어서는 안 될 일이로다."

수양이 옷 입던 행위를 멈추고 다시 수연의 허리를 감쌌다.

"서방님, 오늘은 예까지 하시고 어서 형님과 태어난 아들을 보셔야지요."

"그러면 시샘이 충족되었다는 말이냐?"

"그게 그리 쉽게 충족될 수는 없지요. 이제부터 본격적으로 시작될 터인데요."

수연이 수양의 가운데서 놀던 손놀림을 멈추고 수양의 옷을 들어 입혀주기 시작했다.

"그러세. 이제 자네 형님이 성공적으로 출산했으니 자네 시샘을 해소할 기회는 많을 거야."

"당연하옵니다, 서방님. 그리고 사랑해요."

"나도."

옷을 모두 차려입은 두 사람이 가볍게 껴안고 잠시 전의 여운을 음미하다 방을 나서 안채로 이동했다. 안채에 도착하자 대부인이 자리에서 상체를 일으켜 태어난 아기를 품에 안은 채 미소를 보내고 있었다.

"부인, 수고하셨소."

수양이 아기는 제쳐두고 대부인의 손을 잡았다.

"아들을 먼저 보셔야지요."

"아들보다 부인이 소중한 걸 모르겠소?"

"그야 잘 알고 있지요. 그러나 지금 이 순간은 항상 대군 곁에 있는 저보다 새로 태어난 아들이 우선 아닌가요."

"이 모든 게 부인이 있어 가능한 일이니 당연히 부인이 우선되어야 하오."

"대군도, 참. 태어난 아기가 어찌 생각하겠어요. 자, 어서 우리 아기 환영해주세요."

수양이 그제야 대부인이 건넨 아기를 안아들고 모습을 살펴보았다. 아기가 갓 태어난 아기답지 않게 너무나 밝아보였다.

"어떠세요."

"이 아기를 보는 순간 바로 아기의 이름을 지어주어야겠다는 느낌이 찾아들었다오."

"이름을, 벌써요?"

"그렇소. 아기 이름은 밝게 빛을 발한다는 의미에서 황(晄)으로 지어야겠소."

"제 생각으로는 서(曙)의 연장으로 비쳐집니다."

황을 되뇌던 대부인이 만면에 미소를 머금고 수연을 바라보았다. 수연이 슬그머니 다가가 대부인의 팔을 잡았다.

"그렇소. 서가 새벽을 의미하고 또 새벽이 되면 세상이 밝게 빛을 발한다는 의미에서 즉 서와 황은 한 형제라는 의미요."

"그런 경우라면 다음에 태어날 아기도."

대부인이 자신의 팔을 잡고 있는 수연의 손을 만져주었다. 수연이 방금 전 상황을 생각하는지 얼굴이 발가스름하게 변해갔다.

"대군, 오늘 우리 황이 세상에 모습을 드러낸 데에는 아우의 공이 적지 않았습니다. 그런 의미에서 아우에게도 공을 들이셔야 합니다."

"당연하오. 그리고 훗날 다시 아기가 태어나면 그 아이의 이름은 황처럼 밝다는 의미의 성(晟)으로 지을 것이오."

수양이 흡족한 표정을 지으며 아기 그리고 대부인과 수연의 얼굴을 번갈아 바라보았다.

"그런데 대군."

"왜 그러오 부인."

"갑자기 이런 생각 일어났습니다."

"이런 생각이라니요?"

"혹시 대군의 소망을 아들들의 이름에 새기고자 하는 게 아닌가 하는 생각이 자연스럽게 일어났습니다."

수양이 수연에게 시선을 주었다. 혹시라도 수연에게 야야기하지 않았던 부분들을 알고 있지 않은가 하는 의심에서였다. 시선을 받은 수연이 수양의 시선을 외면하고 가만히 자신의 상체를 대부인에게 기대며 살짝 미소를 보이며 입을 열었다.

"저는 형님의 분신이랍니다."

골골십년

"대군마님, 전의께서 오셨습니다."

일찌감치 퇴궐하여 안채로 들어 아들 서와 새로 태어난 아들 황 그리고 대부인과 수연과 시간을 보내는 중에 임운의 목소리가 들려왔다. 수양이 자리에서 일어나 문을 열자 노중례가 중년의 남자와 나란히 서있었다. 차림새를 보아 내의원에 근무하는 사람이라는 직감을 받았다. 수양이 버선발로 노중례 일행에게 다가갔다.

"전의께서 예고도 없이 어인 일이십니까."

"지나가던 중 우연히 들르게 되었습니다."

수양이 두 사람의 표정을 읽었다. 그냥 우연히 들른 게 아니라 작정하고 왔음을 한눈에 느낄 수 있었다. 수양이 열려진 방문 사이로 노중례가 왔음을 알리고 두 사람을 사랑으로 이끌었다.

"이 사람은 저와 함께 내의원에 근무하고 있는 전순의라고 합니다. 대군께 인사 올리게."

"전순의입니다. 평소 흠모하던 대군을 뵙고 소인 인사드립니다."

전순의가 노중례의 지시에 따라 큰 절을 올리기 시작했다. 순간 수양도 어정쩡한 자세를 취하며 상견례를 나누었다.

"이 추운 날씨에 어려운 걸음 하셨습니다."

"최근 아드님을 보셨다기에 그를 핑계 삼아 염치불고하고 찾아뵈었습니다."

"염치불고라니요. 오히려 제가 모셨어야 할 일이건만 요즈음 하도 경황이 없어 그러지 못했는데 마침 잘 오셨습니다."

수양이 말을 마치고 노중례를 찬찬히 살펴보았다. 본지 며칠 지나지 않았건만 얼굴은 물론 온몸에서 생기가 사라지고 있었다.

"스승님, 안색이…."

"이제 얼마 남지 않은 듯합니다."

"얼마 남지 않았다니요. 그런 말씀 마십시오."

"대군, 오고 가는 게 인간의 삶 아니겠습니까."

"그야 그렇지만. 아직도 하실 일이 남아있지 않습니까."

"바로 그런 이유 때문에 찾아뵈었습니다."

수양이 순간 전순의를 주시했다.

"대군, 두 가지 이유로 이렇게 대군의 귀한 시간 축내고자 합니다."

"스승님, 말씀 주시지요."

"첫째는 소신 이만 은퇴해야겠기에 인사를 드리고자 함이요 둘째는 이 사람을 대군께 의탁코자 찾아뵈었습니다."

"은퇴라니요!"

"전하께는 구두로 사직을 청했고 윤허를 받았습니다."

"그런 경우라면 제가 알고 있어야 하거늘."

"며칠 전 동교에서 거행된 열병식을 기억하시는지요."

"저는 일이 있어 그 행사에 참석하지 못했었는데, 그럼 그 날."

"전하께서 열병을 받으시겠다고 하여 그 전날 소신이 건강을 이유로 열병을 받지 말도록 주청한 일이 있었습니다."

"그럼에도 불구하고 형님은 눈 내리고 차가운 바람이 휘몰아치는 날씨에도 끝까지 열병을 마무리하였지요."

"그렇습니다."

"형님에게는 그럴만한 사유가 있지요."

"사유라니요?"

"자신의 존재감을 드러내기 위한 일종에 장치 아니겠습니까. 신하들에게 나약함을 보이지 않기 위해 무리수를 두었을 수도 있습니다. 그런데 그 과정에 무슨 일이 있었습니까?"

"혹시나 발생할 지도 모를 불상사에 대비하기 위해 저 역시 그 자리에 참석하지 않을 수 없었습니다. 그러나 점심이 되기도 전에 전하께 주청을 드리고 자리를 물려야 했습니다."

"젊은 내의원을 보내시지 않고 스승께서 직접 수행하셨단 말씀입니까. 그 추운 겨울날에."

"여하튼 그 자리에서 새로운 사실을 발견하게 되었습니다."

"새로운 사실이라니요."

"대군, 혹시 골골십년이란 말을 들어보신 적 있습니까?"

"골골십년!"

"몸에 있는 기가 약하지만 지속적으로 이어진다는 즉 잔병치레를 많이 하면서도 수명은 길게 이어지는 상황을 의미합니다."

"그렇다면 형님이 바로."

수양이 순간 말을 잘랐다. 대부인과 수연이 하인들을 앞세워 상을 들이고 있던 탓이었다. 두 사람의 출현을 살핀 전순의가 바로 자리에서 일어났고 노중례가 일어나려하자 수양이 급히 제지했다.

"의원님, 사전에 기별을 주셨으면 준비하고 기다리고 있었을 터인데 급히 준비하느라 충분치 못합니다."

"의원님을 오랜만에 뵈옵니다."

하인들이 상을 정리하자 대부인이 두 사람을 번갈아 바라보며 간략하게 인사드리자 수연이 곁에서 가볍게 목례했다.

"이 늙은이의 불찰을 용서하여 주십시오, 마님들."

"불찰이라니요, 당치 않으십니다. 의원님은 우리 집에 언제나 귀한 손님이십니다."

"과분한 찬사십니다, 대부인."

"그러면 빈약하다 섭섭해 하지 마시고 편히 시간 보내시기 바랍니다. 아마도 세 분이 긴히 하실 말씀이 있는 듯하니 저희들은 이만 자리를 비켜드리겠습니다."

말을 마친 대부인이 수양을 바라보자 수양이 가볍게 고개를 끄덕였다.

"스승님께 아기를 보여드렸어야 하는데."

대부인과 수연이 자리를 물리자 수양이 술병을 들며 입을 열었다.

"아니 봐도 본 듯합니다."

"그 말씀은."

"대군과 대부인의 아들이니 어련하겠습니까."

"허허, 일리 있는 말씀입니다. 그나저나 스승님 괜찮으시겠습니까."

"안 괜찮아도 잔을 받는 게 도리 아니겠습니까. 저로서는 이별의 잔인데."

"이별이라니 당치 않으십니다. 비록 은퇴하시더라도 멀리 가시지는 않을 것 아닙니까."

"이참에 서서히 세속에서의 인연을 정리하려 합니다."

"그러면 한양을 벗어나시겠다는 말씀입니까."

"어디에 거하고의 문제가 아니라 이제 차분하게 마지막을 준비하려 합니다."

"허허, 그는 아니 될 일이지요."

수양이 정색하며 잔을 따르고는 전순의에게 잔 들 것을 종용했다. 전순의가 손사래를 치며 자신이 먼저 잔을 올리겠다고 주장하자 수양이 가볍게 제지하고 전순의의 잔을 채우고 잔을 받았다.

"그래서 제 이별의 증표로 이 사람을 대동하였습니다."

"일단 잔부터 비우시지요."

수양이 전순의를 바라보며 잔을 들자 전순의 역시 두 손으로 공손하게 잔을 들었다. 수양이 잔을 비우는 모습을 바라보던 노중례 역시 천천히 잔을 들어 비워냈다.

"스승님 말씀에 의하면 스승님의 빈 자리를 이 사람으로 대신하겠다는 의미로 비칩니다."

"대군 마님, 소인 비록 비루하지만 대군 마님을 위한 일이라면 제 한 몸 초개처럼 버릴 각오가 되어 있습니다."

잔을 비운 전순의가 수양을 향해 공손하게 무릎을 꿇었다. 마치 그를 기다리고 있었다는 듯 노중례가 전순의에 대해 소개하기 시작했다. 농민의 자식으로 태어난 전순의가 각고의 노력 끝에 그 자리에 오르기까지의 과정을 간략하게 이야기하자 수양의 입에서 절로 탄식이 흘러나왔다.

"참으로 훌륭한지고. 그런데 그런 사람이 왜 하필 나요."

"스승께 또한 주변 사람들로부터 대군께서 백성들의 안위를 가장 우선시한다는 이야기를 전해 들었습니다. 그래서 염치불고하고 스승께 제 한 몸 대군 마님께 의탁할 수 있도록 부탁드렸습니다."

수양이 가만히 정리해보았다. 농민의 아들로 잡과에 합격하였지만 출신 성분으로 인해 항상 소외되었는데 노중례가 그를 간파하고 지금 이 순간까지 이끌어왔다는 이야기로 비쳐졌다. 또한 노중례가 은퇴하는 마당에 비빌 언덕이 사라지자 급기야 자신을 찾아왔다는 판단에 가만히 고개를 끄덕였다.

"다른 분도 아니고 스승께서 소개하셨으니 내 거절할 수 없는 노릇입니다. 내 스승님을 대하듯 전 전의를 가족처럼 대하도록 하겠습니다."

"거절하지 않으시고 선뜻 받아주셔서 정말 고맙습니다. 은퇴하는 제 마음도 한결 가벼워졌고요."

"그러면 이 자리가 도원결의 아니 명례궁 결의가 되는데 모두 잔을 채우시지요."

수양이 말을 마침과 동시에 두 사람의 잔 그리고 자신의 잔을 채우고는 함께 잔을 부딪치고 비워냈다.

"대군, 지금 조정 돌아가는 상황 아니, 대군을 무력화 시키려는 움직임을 간파하고 계시는지요."

"상세하지 않지만 대략 느끼고는 있습니다. 형님이 대신들에게 권력을 이양하면서 형님은 물론 유사시에 차기까지 자리보존에 연연해하리라는 직감이지요."

"바로 보셨습니다. 잠시 전 골골십년을 이야기했지만, 전하께서 보위에 앉아 있는 기간이 길면 길수록 조선의 사직은 일부 대신들로 인해 농락당할 수밖에 없을 것입니다. 그런 경우 그를 좌시할 수 있겠습니까?"

수양이 순간 전순의를 주시했다.

"대군 마님, 방금 전 말씀드렸지만 이 몸 대군마님께 초개와도 같은 존재입니다."

"그 이유를 물어봐도 되겠소."

"외람되지만 제게는 조선의 사직은 별개의 문제입니다. 다만 저와 같은 부류의 백성들이 평안한 삶을 유지할 수 있는 그게 중요합니다. 그런데."

"그런데 뭐요."

"미천한 제가 살필 때 대신들이란 임금과 백성들 사이에서 이간질을 일삼으며 자신들의 잇속만 챙기기에 급급한 존재들로 보입니다."

수양이 스스로 잔을 채우고는 단번에 비워냈다.

"그래서는 안 되지요. 피땀 흘려 일군 결실을 대신들이 도둑질하도록 내버려 두어서는 아니 될 일입니다. 그게 곧 사직을 위태롭게 만드는 일이지요."

김종서의 조정

"형님, 소식 들으셨습니까?"

종친부에서 안평 등 종친들과 소일하고 있는 중에 계양군 이증이 상기된 표정을 지으며 다가왔다.

"무슨 소식 말이냐."

"형님과 안평 형님이 전하께 왕실과 직접 혹은 간접적으로 연결된 사람들에게 직을 제수하는 절차를 건의하시지 않았습니까."

"어제 오후에 안평 아우와 형님께 말씀드렸고 형님도 긍정적으로 생각하시고 그리하겠다 하셨었지. 그런데 네가 그 일을 어찌 알고."

"방금 전 궁에 들었다 동부승지 노숙동을 만났었습니다."

"노숙동이 뭐라 하던데."

수양의 곁에 있던 안평이 바짝 다가서며 개입했다.

"전하께서 형님들이 건의한 일로 의정부 대신들을 불러 그 일을 논의하도록 하였는데 참석자 모두 강력하게 불가함을 아뢰었다 합니다."

"그래서."

"그래서는 뭐 그래서입니까. 전하께서 의정부의 논의 결과에 따라 형님들의 건의 사항을 묵살하신 게지요."

"정말이냐!"

"동부승지가 그리 말하였습니다."

"의정부 대신들 모두 참석하였다고 하느냐."

굳은 표정의 수양이 대화에 끼어 들었다.

"전하께서 오늘 조회에 좌의정 황보인·우의정 남지·좌찬성 김종서·좌참찬 안숭선·우참찬 허후를 불러 형님들이 건의했던 일들에 대해 조목조목 나열하여 의견을 개진하였는데 거의 모든 조항에 대해 불가함을 역설하였답니다."

"영의정은 공석이고 우찬성 정분은 충청·전라·경상도 도체찰사로 지방에 가 있으니 모두 참석한 게구만."

"이런 죽일 놈들 같으니."

안평이 핏대를 세우자 수양이 혼잣말처럼 중얼거렸다.

"그런데 그뿐 아닙니다."

"그건 또 무슨 소리인가."

"전하께서 조만간 의정부 인사를 단행할 것이라 하였습니다."

"인사를."

이증이 가볍게 한숨을 내쉬었다.

"왜 그러는 게냐. 현재 영의정이 공석이니 당연히 그 자리를 채워야 할 일 아니냐."

영의정으로 재직하고 있던 하연은 문종이 태종의 넷째 아들로 열네 살에 어린 나이로 사망한 성녕대군의 명복을 빌고 묘소를 보호하기 위해 창건한 대자암을 중수하려 하자, 그에 반대하고 물러났다.

"현재의 인물들이 수직 이동할 예정이라 하였습니다."

"수직 이동이라니?"

"영의정에는 황보인, 좌의정에는 남지, 우의정에는 김종서로 삼을 계획이라 하였습니다."

"뭐라고!"

수양이 기가 막힌다는 듯 한숨을 내쉬었다.

"아참, 그리고 김종서의 사돈인 김맹헌이 사헌부 집의에 오를 것이라 하였습니다."

"김맹헌. 그 사람이 뭐하던 사람인가?"

"저도 동부승지에게 그에 관해 물어보았으나 동부승지도 그 사람이 오래전 수원부사를 지낸 정도만 알고 있고 자세하게 알고 있지 못하였습니다."

"한마디로 기가 막힐 일이로구만."

수양이 헛웃음을 흘려보냈다.

"형님, 이러고 있을 일이 아니지 않습니까. 지금 당장 궁궐로 들어가 형님을 만나뵙지요."

"만나서 뭐하게."

"형님께 일의 전말을 직접 들어보아야지요."

수양이 대답 대신 분을 삭이지 못하고 있는 안평의 얼굴을 물끄러미 바라보았다. 순간 뒤에서 헛기침 소리가 들려왔다. 모두가 고개 돌리자 언제 왔는지 양녕대군이 그들을 가만히 주시하고 있었다.

"백부님, 언제 오셨습니까."

수양이 한발 앞서 예를 표하자 모두들 양녕에게 예를 올렸다.

"방금 왔네만 왜들 목소리를 높이고 있던 게냐."

"실은."

수양이 가볍게 한숨을 내쉬고 계양군에게 눈짓을 주었다. 이증이 방금 전 고한 일을 다시 되뇌었다.

"절재 작품이로구만."

"김종서 말이지요."

"그러이, 김종서 말이야. 그 사람이 삼봉을 흉내내려 하는 게야."

"정도전을요?"

"정도전이 방석을 세자로 세우고 자신의 일파로 국가를 경영하려다가 네 할아버지 손에 죽임을 당했던 일이 있었지."

"그러면 김종서가 병약한 형님 그리고 후일 보위에 오를 세자를 허수아비로 세우고 전권을 행사하겠다는 의도 아닙니까."

"바로 말하였네."

짧게 답한 양녕이 천장을 바라보며 가볍게 탄식했다.

"백부님, 그런 경우라면 막아야 할 일 아닌지요."

"당연히 막아야지, 그런데 무슨 수로 막겠느냐?"

"형님께 실상을 고해야지요. 이 조선이 어떻게 세운 나라인데 김종서같은 놈에게 이 나라를 맡긴단 말입니까."

"주상은 그러한 사실을 모른다고 생각하느냐?"

"그러면."

"김종서에 앞서 주상이 일을 그리되도록 원하고 있는 게 아닌가 싶다."

"무슨 이유입니까?"

"그 길이 주상은 물론 세자에게도 이롭다 판단한 게지."

"아니, 누가 형님과 세자를 잡아먹기라도 한답니까."

"본인이 그리 생각하고 있는 게지."

양녕과 안평의 대화를 가만히 경청하던 수양이 자리에서 일어났다.

"왜 그러느냐."

"가서 형님을 만나 형님의 진정한 의중을 파악하려 합니다."

"주상을!"

"어떻게 세운 나라인데 그들 손에 이 나라를 넘길 수는 없는 일 아닌지요."

양녕이 대답대신 물끄러미 수양을 바라보았다.

"백부님, 하실 말씀이 있으신지요."

"아니다. 가도 별 소득은 없겠지만 자네 말대로 자네가 직접 주상의 의지를 확인하는 일도 괜찮을 듯해서 그래."

수양이 안평에게 눈짓을 보내자 안평 역시 자리에서 일어나 수양의 뒤를 따랐다. 종친부를 벗어나자 곧바로 궁궐로 들어 편전으로 향했다. 편전 앞에서 도승지 이계전이 어슬렁거리고 있다 맞이했다.

"도승지께서 왜 예 머물러 계십니까?"

"전하께서 지금 전의로부터 진찰을 받고 계십니다. 그런데 어인 일들이십니까?"

"형님을 뵙고자 왔는데, 전의를 만나고 계신다면."

수양이 말을 멈추고는 안평을 주시했다.

"형님, 그래도 만나야지요."

안평이 힘을 주어 말하자 이계전이 두 사람의 표정을 살피고는 한쪽으로 이끌었다.

"무슨 일로 전하를 뵙고자 하는지 그 이유를 여쭈어도 되겠습니까?"

"조만간에 인사 이동이 있을 거라는 이야기를 들었습니다. 그래서 그와 관련하여 형님의 의중을 파악하려합니다."

수양이 차분하게 답하자 이계전이 마치 두 사람이 방문한 이유를 알고 있었다는 듯이 가볍게 한숨을 내쉬었다.

"도승지께서는 어찌 되는지요."

"신은 그대로 유임될 듯합니다."

"그나마 다행입니다."

수양이 가볍게 한숨을 내쉬고 소소한 일로 대화를 나누는 중에 편전의 문이 열리며 전순의가 모습을 드러냈다. 전순의가 수양 일행의 모습을 살피고는 가볍게 목례하고 자리를 물리자 이계전의 안내로 편전으로 들었다. 방금 치료를 받은 탓인지 문종의 얼굴에 생기가 돌고 있었다.

"기별도 없이 어인 일들이냐."

"조만간에 인사이동이 있으리라는 말을 들었습니다. 그 일로 형님의 의중을 알고 싶어 예고도 없이 찾아뵈었습니다."

"내 의중이라니. 그게 무슨 소리인가."

"김종서에게 우의정을 제수하실 것이라는 이야기를 들었습니다. 아울러 형님이 김종서에게 너무 의탁하시는 게 아닌가 싶어 그러합니다."

"의탁하다니. 아우들이 뭔가 오해하고 있는 게 아닌가. 절재 대감보다 군부의 일을 상세하게 알고 있는 사람이 없지 않은가."

"단지 김종서만을 문제 삼는 게 아닙니다. 그 일파가 조정을 장악하고 있다는 게 걱정스러워 그러합니다."

"큰 형님, 수양 형님말마따나 의정부는 물론 조정 주요 보직에 김종서 일파가 장악하고 있어 이 조정이 김종서의 조정이 아닌가 하는 걱정 일어납니다."

안평이 수양을 거들고 나서자 이계전의 표정이 굳어지고 있었다.

"도승지께서는 자리를 물리시도록 함이 어떠한지요."

수양의 제안에 문종이 이계전에게 물러나라 지시했다.

"형님, 정녕 개국 초 정도전이 지향하고자 했던 재상 중심의 정치를 원하십니까?"

문종이 즉답에 앞서 안평을 주시했다. 안평이 슬그머니 고개 돌렸다.

"재상을 전면에 내세우는 정치가 잘못되었다는 이야기냐?"

"그들을 이용하여 왕권을 강화할 수는 있습니다. 그런데 지금 형님의 처사를 살피면 왕권 강화가 아니라 왕권 보호를 위해 그리

행하시는 듯 보입니다."

"왕권보호라니!"

수양의 작심 발언에 문종의 목소리가 올라갔다.

"작금에 형국을 살피면 그들 위에 형님이 존재하는 게 아니라 그들이 형님 위에 존재하는 듯 보입니다."

"아우, 말이 너무 심한 거 아닌가!"

"그렇게 느끼셨다면 사과드립니다. 다만 제가 그리고 안평 아우가 우려하는 부분은, 태조 대왕께서 조선을 창건하시면서 천명한 건국 이념이 훼손되지 않을까 염려됩니다."

"농본민생주의를 의미하는 게냐."

"당연합니다. 백성이 없는 임금이 존재할 수는 없는 노릇입니다. 아울러 임금이 주인이지만 역으로 임금은 백성을 위해 존재해야 하는 게 아닙니까."

"재상 중심 정치가 그에 위배된다는 말이냐?"

"백성들에 대한 형님의 생각이 재상들에 의해 훼손될 수 있다는 이야기입니다. 특히 개인의 욕심으로 무장되어 있는 인간들에게는 반드시 그런 현상이 발생하게 되지요."

"김종서가 그렇다는 말이냐?"

"지금 이 조정을 살펴보십시오. 이 조정이 형님의 조정인지 혹은 김종서의 조정인지 구분되지 않을 지경입니다."

"형님, 혹시."

문종이 곤혹스런 표정을 짓자 안평이 슬그머니 말을 꺼냈다.

"마저 이야기해 보거라."

"형님 건강 때문에 그런 게 아닌가 하는 생각입니다."

"건강이야 어제 오늘의 문제가 아니고. 여하튼 내 아우들 이야기 잘 들었으니 이만 자리 물리도록 하게."

서둘러 자리를 마감하고자 하는 문종의 얼굴에 곤혹감이 가득 들어찼다.

전횡

수양이 저녁 무렵 종친부 근처 주막에서 안평대군, 임영대군, 계양군 등 종친들과 가볍게 술잔을 나누고는 동생들에게 양해를 구하고 먼저 자리에서 일어나 근처에 있는 처형의 집 즉 한계미의 집으로 이동하고 있었다.

낮에 잠시 궁궐에 들었다 한계미를 만나 그날 저녁 한의 집에서 그의 고종사촌 형인 집현전 직전(정4품) 성삼문과 수연의 오라버니로 세자의 스승의 직인 시강원에서 시강관(정4품)으로 재직하고 있는 박팽년과 술자리를 가질 것이라는 이야기를 들었던 터였다.

길을 가면서 형님을 그려보았다. 안평과 함께 인사에 관해 강력하게 의견을 개진하였음에도 불구하고 문종은 마치 그를 비웃듯 보란듯이 예정대로 인사를 단행했다. 더하여 좌참찬인 안숭선에게 병조판서를 겸직하도록 하여 김종서로 하여금 완벽하게 병권을 장악하도록 했다.

의정부를 그려보았다. 절로 한숨이 흘러나왔다. 조선의 주인이 형님이 아니라 김종서 일파인 듯했다. 순간 건국초기 정도전 일파에게 철퇴를 내린 할아버지 태종을 그려보았다. 아울러 일전에 노중례가 언급했던, 자신이 태어나자 태종이 치켜들고 제2의 이방원이 태어났다고 외쳤던 일을 그려보았다.

그렇다면 조선의 사직을 지키기 위해 할아버지처럼 김종서 일파를 제거해야 하는가 하는 고민이 일어났다. 그런 경우 형님의 입장에서 살피면 반역으로 비칠 수 있다. 아니, 명백한 반역행위로 규정할 터였다. 그렇다면 형님까지도.

생각이 그에까지 이르자 수양이 고개를 절래 절래 흔들었다. 차마 그리할 수는 없는 노릇이었다. 사직도 중요하지만 차마 형님을 내칠 수는 없는 노릇이었다. 그 순간 아버지의 유언이 떠올랐다. 유사시에 사직을 지키기 위해 보위까지 생각하라는 아버지의 간곡한 부탁이었다.

이런저런 생각으로 걷기를 잠시 한계미의 집에 도착했다. 수양이 잠시 망설였다. 한계미 일행은 수양의 방문을 전혀 생각지도 못하고 있을 터였다. 그 생각에 이르자 처형 즉 대부인의 언니를 찾았다.

"사전에 기별이라도 주시지 않고."

"안평 아우 집에 들러 가볍게 한잔하고 가던 길에 들렀습니다. 그리고 사전에 기별을 주고 찾으면 너무 싱겁지 않습니까. 우리 사이가 그런 사이도 아닌데."

처형이 수양의 농을 받으며 그저 미소만 보내고 있었다.

"왜 그러고 계세요. 어서 안내해주시지 않고."

"대군께서는 저를 만나기 위해 방문한 게 아니란 말씀입니다."

"임도 보고 뽕도 딴다는 말이 있지 않습니까."

"그 말씀은."

"핑계 김에 처형 얼굴 한번 보는 게지요."

"마음에도 없는 말씀 마시고, 동생은 어때요."

"원체 건강한 체질이라 전과 조금도 다르지 않습니다."

"당연히 그러하겠지요. 아참, 그런데 지금 남편은 손님들과 함께 하고 있는데."

처형이 순간적으로 난감한 표정을 지었다.

"그래요, 이거 가는 날이 장날이라고 내 잘못 방문한 모양입니다."

"아닙니다. 잠깐 기다려주세요. 제가 가서 대군의 방문을 알리도록 하겠어요."

말을 마친 처형이 사랑채로 걸음을 옮기고 잠시 후 한계미와 함께 나타났다.

"대군께서 이 어인 일입니까?"

"지나가던 길에 적적해서 형님과 한잔하려고 들렀습니다만, 손님들이 계신다고요."

수양이 말을 마치고 한쪽 눈을 찡긋거렸다.

"글쎄요, 손님이라고 표현하기는."

한계미가 말하다 말고 처형에게 시선을 주었다.

"그러고 보니, 다 그렇고 그런 사이네요."

처형이 슬그머니 미소를 지었다.

"그 손님들이 누구신데 그럽니까."

"한분은 서방님의 고종사촌 형님이고 다른 한분은 대군의 처남 되십니다."

"그래요?"

수양이 마치 놀랍다는 듯 처형을 주시하자 처형이 빙긋 웃었다.

"자, 예서 이러지 마시고 어서 드시지요. 그리고 부인은 준비 좀 해주시고."

말을 마친 한계미가 수양을 사랑채로 이끌었다. 수양이 사랑에 들자 이미 분위기가 한껏 부풀어 오른 상태였다. 삼문과 팽년의 얼굴이 붉게 물들어 있었다.

"처남은 참으로 매정한 사람입니다."

수양이 자리를 잡자마자 팽년을 향해 푸념을 늘어놓았다.

"무슨 말씀이신지요."

"하나밖에 없는 여동생이 걱정도 되지 않습니까?"

수연이 수양의 작은 마누라로 들어간 이후 단 한 차례도 방문하지 않았던 사실을 의미했다.

"비록 보지는 못하지만 근황은 속속들이 알고 있습니다. 그저 대군께 감사할 따름입니다. 또한 이제는 제 여동생이 아니라 엄연히 대군의 아내이니 저로서 신경 쓸 여지가 없다 생각합니다."

"아, 이 사람아 그래도 그렇지. 자네는 여동생 보고픈 생각이 전혀 일어나지 않던가."

"지아비를 만나 잘 살고 있는데 굳이 신경 쓸 필요 있나. 여하튼 제 잔 받으시지요."

삼문의 힐책에 팽년이 잔을 비우고 수양에게 건넸다.

"지나가던 길에 우연히 들렀는데 결례되지 않았는지 모르겠소."

"결례라니요. 당치 않으십니다. 대군과 한 좌랑(형조도관좌랑) 그리고 한 좌랑의 부인과의 관계는 조선이 다 아는 사실 아닙니까. 그뿐만 아니지요. 대군과 시강관의 관계 역시 모르는 사람이 없지 않겠습니까."

"그러고 보니 여기 모여 있는 사람들이 예사 관계가 아닙니다."

삼문의 말에 한계미가 추임새를 넣었다.

"여하튼 잘 오셨습니다. 대군 만나 뵙기도 어려운데 한 좌랑 덕분에 귀한 시간 보내게 되었습니다."

"내가 할 소리입니다. 여하튼 반갑소."

"대군께서도 전작이 있었던 모양입니다."

"하도 답답해서 아우들과 술잔을 기울이고 귀가하던 중 들렀소."

"저희들도 그런데 대군께서는 오죽하시겠습니까."

삼문과 수양의 대화에 팽년이 낮은 소리로 끼어들었다.

"처남은 뭐가 그리 답답하다고 그렇소. 시강관 자리가 탐탐하지 않다는 말로 들립니다만."

"제 문제가 아니라 지금 조정 돌아가는 형국이 정상이 아니라는 생각 때문입니다."

"무슨 문제라도 있습니까?"

수양의 질문에 팽년이 삼문과 한계미를 번갈아 바라보았다.

"대군께서 오시기 전에 우리끼리 작금에 조정 돌아가는 형국에 대해 걱정을 토로하고 있었습니다. 세종임금께서 살아 계시던 때와 비교하여 상당한 차이를 보이고 있기 때문입니다."

한계미가 대신 말을 이었다.

"구체적으로 말해보실 수 있소."

"그 대목은 오히려 대군께서 더 잘 아시고 계실 터입니다만."

순간 밖에서 인기척이 들려왔다. 한계미가 일어나 방문을 열자 한의 부인이 하녀를 대동하여 술과 안주를 들이고 있었다.

"이거 불청객으로 인해 일이 번거롭게 되었습니다."

"불청객이라니요. 당치 않으십니다. 비록 상차림이 보잘 것 없지만 탓하지 마시고 즐거운 시간 보내세요."

"제가 감히 어찌 탓하겠습니까. 아니 그렇소, 처형."

"처형이 아니라 처가 될 뻔 했던 처형이 올바른 표현 아닙니까?"

삼문이 익살스런 표정을 지으며 끼어들자 한바탕 웃음판이 일어났다. 그 사이 상을 들인 한의 아내가 물러나자 새롭게 술잔을 기울이기 시작했다.

"세자께 전해 듣기로 대군께서 일전에 작금의 상황으로 전하를 알현하신 걸로 알고 있습니다만."

"물론 그랬었지요. 안평 아우와 함께 의정부만 오로지 하지 마시고 두루두루 살피시라 의견을 드렸었소."

"전하께서는 대군의 말씀이라면 절대 소홀히 하지 않으실 분이신데."

"글쎄요. 나도 그렇게 믿고 충정에서 조언을 드렸건만 받아들여지지 않더이다."

수양이 말을 마침과 동시에 자신의 잔을 비워냈다. 한계미가 수양이 안주도 먹을 여유를 주지 않고 수양의 잔을 채웠다.

"그대들 생각은 어떻소. 왜 내 형님이 의정부를 그토록 감싸고도는지 그 이유를 알고 있소?"

"건강상 이유로 임금의 직을 수행하는 데 있어 부담이 되어 그러는 게 아닌지요."

"물론 그런 측면도 배제할 수 없소. 그런데 지금 형국을 상세하게 관찰해보면 내 형님이 의정부에 끌려가는 꼴이 아닌가 하는 생각까지 일어납디다."

"대군, 너무 심하십니다."

"아우, 뭐가 심하다는 겐가. 아우는 한동안 변방에 머물러 있어 자세한 상황을 몰라 그렇지. 지금 상황을 살피면 대군의 말씀이 지극히 온당하이. 그리고 지금 다들 쉬쉬하고 있어 그렇지 아우 생각처럼 그리 녹록하지 않네."

"그러이. 삼문의 말대로 이대로 계속 의정부 특히 김종서의 전횡이 이어진다면 조선은 의정부의 나라가 될 걸세."

"의정부의 나라라."

혼자 되뇐 수양이 자신의 잔을 비워냈다. 마치 그게 신호라도 된 듯 모두 잔을 비웠다.

"대군, 무슨 생각 있습니까?"

"막아야지요. 그리되지 않도록 막아야 할 일입니다. 특히 선왕의 총애를 받은 귀하들이 그를 막아야지요."

수양이 선왕의 총애에 힘을 주어 이야기하자 모두가 가느다랗게 한숨을 내쉬었다.

공작재

"대군, 의정부에서 사람을 보내왔습니다."

"사람이라니요?"

수양이 홍천사에서 스님들과 함께 형의 건강 회복을 위해 공작재 준비로 한창 비지땀을 흘리고 있는 중에 도승지 강맹경이 다가왔다.

"제게 곧바로 전하 곁을 지키라는 말을 전하러 왔답니다."

"그게 무슨 소리요. 도승지와 함께 재를 지내라는 어명이 있었거늘."

"도대체 어인 영문인지 모르겠습니다."

강맹경이 곤혹스런 표정을 짓자 수양이 가볍게 이를 갈았다.

"이 죽일 놈들이 이제는 어명도 무시하고."

"어떻게 할까요."

수양이 가만히 강맹경의 얼굴 그리고 하늘을 바라보며 잠시 생각에 빠져들었다. 며칠전 문종을 만나 작금의 형세의 원인으로 형의 건강을 들었다. 몸이 건강해야 정력적으로 정사를 돌볼 수 있고 또 그 길이 왕권을 강화할 수 있는 방법이라 역설했다. 아울러 그를 위해 문종을 에워싸고 있는 병마를 몰아내기 위해 부처께 의탁하자고 제안했다.

여러 차례에 걸쳐 재를 지내본 문종이 처음에는 회의적인 반응을 보였다. 그에 수양이 적극적으로 권하자 기어코 문종의 명으로 흥천사에서 공작재를 행하기로 했다. 아울러 의정부에도 그러한 사실을 통보했었다.

"이놈들이 제 명줄 재촉하고 있군!"

"대군 이 사람들 너무 나대는 거 아닙니까. 그냥 무시할까요."

"그들이 뭐라 합디까?"

"저는 전하 곁을 지키고 우부승지 권준이 제 자리를 대신하라 하였답니다."

"그리하도록 하시지요."

"괜찮으시겠습니까."

"어디까지 가는지 한번 두고 보도록 하지요."

"참으로 가당치 않습니다."

이번에는 강맹경이 크게 한숨을 내쉬었다.

"개의치 마시고 전하 곁을 지키십시오. 저는 우부승지와 함께 재를 진행하도록 하겠습니다. 그리고 우부승지께 조카인 권람에게 오늘밤에 제가 만나잔다고 전하도록 해주십시오."

강맹경을 보내고 수양이 공작재를 행하기로 한 그날 늦은 밤 은밀하게 전의 전순의를 만났던 일을 떠올렸다.

"대군마님, 주저 마시고 말씀 주십시오. 한치의 오차도 없이 대군 말씀에 따르겠습니다."

"내 중대한 결심하려 하오."

"혹시."

"말씀해보세요."

"전하의 신병에 관한 일이 아닌지요."

"바로 말하였소. 이전에도 얼핏 이야기하다 말았지만 현 상황이 지속된다면 조선의 사직이 문제가 아니라 이 나라가 도탄에 빠져들 수밖에 없다는 결론을 내렸소."

"현명하신 판단입니다. 말씀 주십시오."

"내일부터 4일간 형님을 위해 공작재를 베풀려 합니다. 그리고 이후 형님을 병마의 고통에서 해방시켜주고자 하오."

전순의가 잠시 침묵을 지켰다.

"왜 무리한 일이오?"

"무리하기는요. 손바닥 뒤집는 일보다 더 수월합니다."

"그 무슨 말이오?"

수양이 이해되지 않는다는 듯 전순의를 주시했다.

"대군 마님만 그렇게 생각하리라 여기시는지요?"

수양이 잠시 전순의의 눈을 바라보며 침묵을 지키다 입을 열었다.

"전의 말대로라면 의정부 역시."

"오히려 그들이 더욱 조급할 일입니다. 나이 어린 세자가 보위에 오르면 조선은 그들의 천하가 된다고 판단하고 있지 않겠습니까."

"허허, 전의 말이 지극히 지당하오. 그런데 내 그를 실기하고 있었소."

"대군 마님, 그러니 그 부분은 조금도 걱정하지 않으셔도 됩니다. 다만."

"주저 말고 말하세요."

"일을 매끄럽게 진행시키려면 제가 당직을 서는 그날을 선택해 주십사 부탁드리고자 합니다."

수양이 잠시 침묵을 지키며 생각에 잠겨 들었다. 전순의의 말이 예사롭지 않게 느껴졌던 때문이다. 순간 수양이 전순의의 손을 굳세게 잡았다.

"말해보세요."

"재가 끝나는 9일을 기점으로 5일 후로 정하도록 하겠습니다."

"특별한 이유라도 있소."

"그날이 제가 당번을 서는 날이고 또한 병오일 즉 붉은 말의 날이라 대군께 길일로 여겨집니다."

수양이 잠시 병오일을 되뇌었다.

"전의, 내 형님 평안하게 보내주시오."

"그야 여부 있겠습니까."

"대군마님, 이제 그만 하루를 마감하심이 어떠하실지요."

수양이 스님들과 공작재 준비에 열중하는 중에 홍천사 주지가 다가왔다. 그를 바라보며 허리를 펴자 태양이 천천히 삼각산 너머로 기울어 가고 있었다. 그에게 그러마고 짤막하게 답하고 사찰 입구로 시선을 주었다. 우부승지 권준이 경내로 들어서고 있었다. 수양이 손을 털며 그를 향해 걸음을 움직였다.

"이런 일로 숙부께 폐를 끼치게 되어 송구합니다."

"대군께서 송구할 일이 무엇입니까. 신하된 도리로 당연히 함께 해야지요."

우부승지 권준은 수양의 친구 권람의 숙부인 관계로 수양은 권람처럼 권준을 숙부의 예로 대해왔었다.

"소한당은."

"잠시 후면 도착할 것입니다. 다른 사람들의 눈이 있어 사이를 두었습니다."

수양이 고개를 끄덕이며 권준을 사찰 한 구석에 위치한 방으로 안내했다. 방에 들어서자 다기들이 놓인 조그마한 소반을 가운데에 두고 자리했다. 잠시 소소한 이야기로 대화를 나누는 중에 임운이 권람과 한 사람을 방으로 안내하고 끓고 있는 물이 담긴 주전자를 소반 위에 올려놓고 자리를 물렀다.

"한 형 정말 반갑소."

수양이 순식간에 자리에서 일어나 초면의 남자, 한명회의 손을 두 손으로 잡았다.

"한명회가 대군을 뵙니다. 자리 하시지요. 예를 올리겠습니다."

"예는 무슨 예요. 비록 대면은 처음 하지만 우리 관계는 오래전부터 이어져온 게 아니오. 그러니 어서 자리 합시다."

한명회의 할아버지 한상질을 의미했다. 한상질은 이성계가 조선을 건국하자 자청하여 명나라에 가서 조선이라는 국호를 승인받은 인물이었다.

"그 일은 그 일이고. 대군과 제 관계는 그런 게 아니지 않습니까."

"허허, 그렇게 생각하면 섭섭합니다."

수양이 한사코 예를 올리려는 한명회를 거의 강제적으로 자리에 앉게 하자 한명회가 마지못한다는 듯 엉거주춤한 자세로 자리 잡았다. 그러자 수양이 주전자를 들고 찻잔에 기울였다. 초록색 빛깔의 차가 살포시 연기를 피워 올리며 잔에 떨어지고 있었다.

"귀한 손님이 오셨으니 당연히 산해진미를 마련해야 함에도 불구하고 이곳이 사찰인지라 작설차를 준비하였소. 이해 바라오."

"산해진미는 이미 마련된 게 아닌지요."

"이 사람아, 그게 무슨 말인가?"

권람에 질문에 한명회가 수양의 얼굴을 바라보았다.

"맞소. 바로 이 자리가 산해진미를 위해 모인 자리 아니겠소."

말을 마친 수양이 차가 들어찬 다기를 모두에게 돌렸다.

"자, 차를 음미하며 천천히 이야기 나눕시다."

"대군께서 차를 즐겨하십니다."

찻잔을 입에 댔다가 내려놓은 한명회가 지긋한 표정을 지었다.

"당연하오. 이 차에 도(道)가 있고 삼라만상이 모두 들어 있거늘 내 어찌 차를 즐겨하지 않겠소."

"도와 삼라만상이 다 들어있다니 그게 무슨 소린가?"

"이 친구야, 차를 가만히 음미해보게나. 그러면 그 의미를 금방 헤아릴 테니."

수양의 힐난에 권람이 내려놓았던 찻잔을 입에 대고 천천히 기울였다. 모두의 시선이 권람을 향했다.

"허허, 대군 말대로 실로 마음이 평안해지는 게 과연 도와 삼라만상이 모두 내 속에 들어있는 듯하네."

"그러니 술만 찾지 말고 가끔 차도 즐기라고."

수양의 재차에 걸친 힐난에 모두가 웃음을 터트렸다.

"대군께서 전하의 병마를 덜기 위해 고생하십니다."

웃음이 멈추자 한명회가 다시 입을 열었다.

"실은 형님의 병마를 덜기 위함이 아니오."

"아니라니, 그렇다면 초여름에 이 무슨 고생인가."

수양이 즉답을 피하고 세 사람의 얼굴을 번갈아 바라보았다.

"곧바로 이야기하지요. 이번에 준비하고 있는 재는 형님의 병마를 덜기 위함이 아니라 형님의 영혼을 위로하기 위함입니다."

"영혼이라고!"

권람이 놀랍다는 표정을 짓자 한명회가 슬그머니 미소를 보였다.

"자네는 왜 그러나?"

권람의 질문에 한명회가 수양을 바라보았다.

"이제 그만 형님을 평안하게 보내드리려 하네."

"때가 되었습지요."

"때라니."

"조선을 새롭게 열 때라는 말일세."

한명회가 힘주어 말하자 권람과 권준의 시선이 한명회의 입으로 향했다.

"대군께서 조선을 새롭게 여실 때가 되었다는 말일세."

"한 형이 정확하게 짚고 있소. 더 이상 방치하게 되면 이 조선이 의정부에 의해 도륙당하리라는 판단 하에 이제 본격적으로 나서려 하오."

권준과 권람이 잠시 생각에 잠겨 들었다 고개를 끄덕였다.

"대군, 이미 계획을 세우고 있다는 말로 들리는데."

"당연하네. 이 재가 끝나고 병오일인 14일에 거사가 있을 계획이네."

"어떤 식으로 일처리하려는가."

"그건 내게 맡겨두고 그 이후에 대해 논해보세."

잠시 사이를 둔 수양이 다시 빈 찻잔들을 채웠다.

"대군, 대군께 여쭈어봐도 되겠습니까?"

"무슨 일이던 기탄없이 물어보시오. 어차피 우리는 한 몸으로 간주해야 하지 않겠소."

"그리 말씀해주시니 감히 여쭙겠습니다. 대군께서 만들어가고자 하는 조선은 어떤 나라입니까?"

수양이 즉답을 피하고 찻잔을 입에 기울였다. 그를 바라본 모두도 수양을 따라 잔을 기울였다.

"내가 그리는 조선은 임금으로부터 조정 대신들은 물론 백성들까지 하나 되는, 동고동락의 나라요."

"동고동락이라."

한명회가 동고동락을 가볍게 되뇌고는 자리에서 일어나 수양에
게 큰절을 올렸다. 수양이 어리둥절한 표정을 지으며 그저 바라보
기만 했다.

"이 한명회, 대군께서 새로운 세상을 여시는 일에 목숨을 내놓겠
습니다."

예를 마친 한명회가 다시 자리했다.

"목숨은 잠시 미루어 두고 그 머리 좀 빌립시다."

사냥

어둠이 채 가시기 전 수양이 방을 나서 대문가에 이르자 희미한 어둠 속에서 대부인과 계양군 그리고 말고삐를 잡고 있는 임운이 기다리고 있었다.

"부인이 이 시간에 어인 일이오."

"오늘이 그 날 아닌지요."

수양이 그날을 되뇌며 대부인을 한쪽으로 이끌었다.

"부인이 알고 있었소?"

"당연히 알고 있어야 하지 않을까요."

"어떻게."

"대군이 공작재를 지낼 때부터 짐작하고 있었습니다. 그리고 어제 할아버지인 태종 대왕의 묘소를 찾았던 일로 대군의 결심이 확고하게 섰다 판단했습니다."

"그러면 오늘 형님께 벌어질 일도 알고 있소?"

"형님에게 벌어질 일이 아니지요. 오늘은 대군과 제가, 우리가 우리의 자식 그리고 후손들이 이끌어갈 세상을 여는 날이지요."

"세상을 열다."

"그렇지요. 그리고 대군은 후일 역사에 세조로 기록될 것입니다."

수양이 세조를 되뇌며 대부인의 양손을 잡았다.

"반드시 그리합시다. 아니, 그리될 것이오."

말을 마친 수양이 대부인과 함께 제자리로 돌아가자 임운이 활을 건넸다.

"이것이 무엇인가?"

"저희 집안 대대로 내려오던 귀한 물건입니다."

대부인이 수양이 건네받은 활을 어루만졌다.

"그러면 이 활이 왕건을 도와 고려를 열었던, 당신 집안의 시조인 신달 장군께서 쓰셨던 활이오?"

"그런 이야기가 전합니다만. 확실하지는 않습니다. 여하튼 이제 이 활의 주인은 대군이십니다."

수양이 천천히 허공을 향해 활을 들어 시위를 당겼다 놓았다. 팅 하는 경쾌한 소리가 적막을 갈랐다.

"참으로 훌륭한 활이오."

"조선의 명궁인 대군에게 딱 어울리는 활이지요."

"오늘 이 활로 멋지게 사냥해 볼 참이요. 내 다녀오리다."

말을 마친 수양이 임운이 고삐를 잡고 있는 말에 올랐다. 이어 계양군이 말위에 오르자 서서히 대문을 빠져나갔다. 대문을 벗어난 수양이 궁궐을 바라보다 고개를 돌렸다. 대부인과 임운이 차분한 표정으로 주시하고 있었다.

"증아, 우리 한번 달려볼까."

"좋습니다, 형님. 내친김에 이곳서 흥인문까지 누가 빨리 가는지 경주를 해봄이 어떠할는지요."

"경주라. 허허, 그 좋지. 그럼 먼저 달리거라."

수양의 말이 채끝나기도 전에 계양군이 말에 박차를 가했다. 수양이 물끄러미 그를 바라보며 천천히 말을 몰아가다 어느 순간 박차를 가하기 시작했다. 밀려오는 바람에 수양이 탄 말의 붉은 색 갈기가 서서히 밝아오는 새벽녘에 힘차게 날리기 시작했다.

서서히 시간이 흐르자 수양이 한참을 앞서 나가던 계양군과의 간격을 점점 좁히기 시작했다. 그리고 흥인문 가까이 이르자 수양이 앞서 달리기 시작했고, 먼저 흥인문에 도착한 수양이 저만치서 힘겹게 다가오는 계양군을 바라보았다.

"증아, 어떠냐?"

"형님, 형님 말이 확실히 명마임을 알겠습니다."

수양이 명마를 되뇌며 웃음을 터트렸다.

"왜 그러세요?"

"아우가 말을 탓하고 있어 웃는게다."

"그러면 제 탓인가요?"

"주인을 잘못 만난 탓이지. 말이 무슨 죄냐."

계양군이 자신의 말과 수양의 말을 번갈아 바라보았다. 자신의 말은 거친 숨을 몰아쉬고 있는 반면 수양의 말은 전혀 피로한 기색이 비쳐지지 않았다.

"형님, 무슨 이유인지요."

"사람이나 말이나 매한가지야."

"그 말씀은."

"너무 서두른 탓이야. 사람처럼 말도 준비가 필요한 게야. 그런데 아우는 채 준비도 되지 않은 말을 너무 심하게 몰았으니 말이 견뎌낼 수 있겠니."

계양군이 다시 두 말을 번갈아 바라보며 멋쩍은 표정을 지었다.

"형님 말씀 듣고 보니 그러네요. 모두 제 탓입니다."

"너무 자책하지 말게. 그러면서 배워나가는 게야. 여하튼 사냥터가 이곳에서 그리 멀지 않으니 이제 천천히 가자꾸나."

"그런데 형님. 집사람이 언뜻 형수님 이야기를 하던데요."

"네 형수는 왜."

"형수님이 며칠전 집사람의 친정을 방문하셨다고 하던데 무슨 일 있습니까."

"제수씨 여동생 때문에 그런 게야."

"제 처제가 왜요."

"자네 처제가 탐이 났던 게지."

"무슨 이유로."

"장 문제 때문이지."

"장이요."

계양군이 수양의 큰 아들 장을 되뇌었다.

"장의 배필로 제수씨 동생(후일 인수대비)을 염두에 두고 있는 게야."

"예?"

계양군이 놀랍다는 듯 눈을 동그랗게 떴다. 그리고는 이내 자신의 손가락을 접으며 골똘히 생각에 잠긴 듯했다. 그러기를 잠시 이내 수양을 주시했다.

"그러면 저와 장의 관계는 어떻게 되나요?"

"아저씨면서 동서 관계가 되는 게 아니겠니. 그건 그렇고 오늘 이후 자네가 내 오른팔 아니, 자네 형수와 오늘 만나는 사람들의 가교 역할을 해주어야 해."

"구체적으로 말씀 주십시오."

"오늘 이후 본격적으로 움직이려면 그 사람들에게 자금이 필요

할 거 아니냐."

"그거야 당연하지요."

"그 역할을 자네가 맡으라는, 그들이 필요로 하는 자금을 형수로 부터 받아 전달하라는 말이다."

"그런 막중한 일을 제가 감당해낼 수 있을지 모르겠습니다."

"그러니 네 형수와 의기투합해야지."

"형수님이 직접 하셔도 될 일 아닌가요."

"네 형수는 여자 아니냐."

"형수님이 여자…"

계양군이 말하다 말고 슬그머니 미소 지었다.

"사람하고는. 그래서 네가 네 형수의 수족이 되란 말이다."

"형님 분부대로 실행하겠습니다."

계양군이 잠시 생각에 잠겨 들었다 쾌히 승낙을 표했다.

"그런데 아우, 내가 어떻게 막대한 자금을 확보할 수 있었는지 그 이유를 아냐."

"제가 그것까지 알 도리 없지 않습니까."

"하기야. 그렇겠지."

"그런데 어떻게 마련하셨는지요?"

수양이 대답하지 않고 그저 웃기만했다.

"왜요?"

"그동안 불사를 핑계로 아버지께 받은 돈들을 비축해놓았으니 어찌 웃지 않을 수 있겠느냐."

"결국 아버지는 형님을 염두에 두신 격이 되네요."

"말이 그렇게 되나."

수양이 너털웃음을 터트리고는 소소한 일상사로 대화를 나누며 길을 가고 있었다. 두 사람이 노원역(구 마장동 시외버스 터미널 터) 부근에 이르자 저 멀리 보이는 나지막한 산위로 해가 떠오르고 있었다.

"형님, 저기 보이는 산이 배봉산이죠."

"오늘 우리의 사냥터, 출정 장소다."

"굳이 저 산을 선택한 이유가 있습니까."

"아차산을 고려했지만 궁궐에서 거리가 멀어 저 산을 선택한 게야."

"산이 험하지 않아 사냥하기에는 그저."

"사냥은 그저 허울일 뿐이야."

"그야 그렇지요. 그래도 이왕 나온 김에 노루라도 한 마리 잡아야 않겠습니까."

"노루라. 그렇다면 노루가 몸이 마르기 전인 아침이 사냥하기에 제격이지. 자, 그럼 우리 서두르도록 하자꾸나."

수양이 말을 마침과 동시에 박차를 가하자 말이 속도를 내기 시작했다. 그를 살핀 계양군이 말의 상태를 확인해보았다. 이제는 상당히 호전되어 보였다. 그를 확인한 계양군 역시 박차를 가하자 말이 가볍게 앞으로 나아가기 시작했다.

두 사람이 앞서거니 뒤서거니 하며 달려가기를 잠시 후 산 초입에서 연기가 피어오르고 있었다. 곧바로 그리로 향하자 지난 저녁부터 그곳에 머물렀다는 듯 여기저기 천막이 쳐져 있었다.

그곳에 가까이 이르자 권람과 한명회를 필두로 한눈에 보아도 힘 꽤나 쓸 만한 여러 사람이 떼를 지어 다가오고 있었다. 그를 살핀 수양이 말에서 내려 계양군에게 고삐를 넘기며 앞으로 나섰다.

"대군, 일찍부터 서두르셨습니다."

"일찍 일어난 새가 벌레를 잡아먹는다 하였소. 그나저나 어제부터 머물렀던 듯하오."

"오늘 사냥을 준비하느라 어제 낮부터 진을 치고 있었습니다."

말을 마친 한명회가 뒤에 서있는 양정, 홍달손, 유수, 유하, 봉석주, 곽연성 등을 소개했다. 수양이 그들의 손을 일일이 잡으며 그들의 인사를 받고는 상당히 흡족한 표정을 지었다.

"한 형은 한두 명도 아니고 이렇게 많은 인재들과 어찌 돈독한 관계를 유지할 수 있었소."

"대군, 오랜 시간 밑바닥을 기웃거리다 보니 그렇게 되었습니다."

"밑바닥이 아닌 듯 보이는데. 그건 그렇고 사냥감이 눈에 뜨입디까?"

"산세가 험하지 않아 그런지 멧돼지나 노루의 모습은 보이지 않습니다. 다만 꿩과 토끼의 모습은 간간이 보입니다. 그런데 아침 식사는 하셨는지요."

"서두르다보니 아직 식전이오. 먹다 남은 음식이라도 있소?"

"마침 잘되었습니다. 우리도 지금 막 아침을 먹으려던 참인데 그리로 모시겠습니다."

수양과 계양군이 한명회가 이끄는 곳에 이르자 임시로 세운 아궁이에 가마솥이 걸려있었고 그 주위에 얼기설기 만든 식탁 위에 식기들이 즐비하게 준비되어 있었다.

"어제 저녁, 개를 잡았습니다."

수양이 자리 잡고 앞에 놓인 놋그릇을 바라보자 한명회가 설명을 곁들였다. 바로 그 옆에 놓인 사기 주발로 시선을 주었다. 막걸리가 넘치도록 가득 들어차 있었다. 그를 바라보며 만면에 미소 지었다.

"대군, 식사 전에 한 말씀 주시지요."

한명회의 제안에 수양이 자리에서 일어나 모두의 얼굴을 세세하게 살피고 천천히 입을 열기 시작했다.

"나의 아니, 이 조선의 소중한 동지들이여. 나 수양은 오늘 동지들과 천지신명께 우리의 각오를 다지려 하오."

서두를 연 수양이 잠시 사이를 두었다.

"동지들도 이미 알고 있겠지만 지금 이 조선은 사악한 이리 떼가 나약하기 이를 데 없는 토끼를 앞다퉈 유린하고 있소. 하여 이 수양이 앞장서서 이리떼는 물론 토끼를 사냥하여 위로는 임금으로부터 백성들까지 모두가 동지로 결합되는 그런 나라를 만들고자 하오."

수양이 다시 사이를 두고 앞에 놓인 막걸리 잔에 손을 댔다.

"모두 잔을 들어주시오."

수양의 굵고 나지막한 말소리에 모두가 엄숙한 표정을 지으며 잔을 들었다.

"오늘이 병오일, 붉은 말의 날이오. 잠시 후면 붉은 말이 하늘을 붉게 물들일 것이오. 이 순간부터 이 수양과 동지들은 천지신명께 하나 됨을 선포하고 생사고락을 함께 나눌 것을 맹서하는 의미에서 잔을 들도록 합시다."

수양이 잔을 깨끗하게 비우고 곁에 있는 바위에 내던졌다. 순간 사기주발이 깨지면서 어지럽게 파편이 튀었다. 그를 바라보던 모두가 수양을 따라 잔을 비우고 사기 주발을 박살내기 시작했다.

그 순간 저만치 숲에서 소란스런 소리에 놀랐는지 꿩이 날아올랐다. 수양이 계양군을 바라보았다. 그 의미를 간파한 계양군이 즉각 활과 화살을 수양에게 건넸다. 활을 받아든 수양이 천천히 활시위를 당겼다.

한순간 팅하는 소리가 아침공기를 가르며 울려 퍼지는가 싶더니 비상하고 있던 꿩이 숲으로 추락하고 있었다.

"수양대군 만세. 세조 만만세."

한명회가 선창하자 모두들 자리를 박차고 일어나 목청껏 따라 외쳤다.

수락산 저녁노을

"여보, 우리 완만한 길로 내려가."

저만치 앞에 갈림길이 나타나자 아내가 오밀조밀한 오솔길을 주시했다.

"나도 그러려고 해. 오를 때는 경사가 심해도 그런대로 괜찮은데 내려갈 때는 무릎에 통증을 느끼거든."

여러 해 전부터 젊은 시절 축구에 열중하다 다쳤던 무릎이 조금씩 이상 징후를 보이기 시작했다. 산을 오를 때는 아무런 느낌도 느끼지 못하는데 가파른 길, 더하여 돌길을 걷고 나면 미세하지만 통증이 일어나고는 했다.

"여보."

다정하게 아내를 불렀다.

"왜."

"문득 생각 들었는데 혹시 내가 먼저 죽게 되면, 반드시 그리되어야 하는데, 화장해서 당신과 함께 거닐었던 길에 뿌려줘."

"그건 당신이 누누이 이야기했잖아."

"그리고 하나 더."

"뭐."

아내가 걸음을 멈추고 나에게 시선을 주었다.

"그 길에 묘비 하나 세워줘."

"묘비라니."

"'인류 탄생 이래 가장 행복했던 인간 이곳에 잠들다'라고."

"그게 무슨 이야기야?"

"아무리 생각해보아도 인류가 탄생한 이후 나보다 더 행복한 삶을 유지했던 사람은 존재하지 않았다는 생각이 들어."

"무슨 이유로."

"먼저 세대 간 문제야. 인류 탄생 이래 우리 세대처럼 삶을 이어간 세대는 없지. 우리는 전기, 급수 시설, 연료 등 지금 우리가 누리고 있는 문명의 혜택을 전혀 받아보지 못했던 삶 그리고 최첨단의 과학으로 무장한 현대의 삶을 동시에 경험하고 있잖아. 한마디로 원시의 삶과 첨단의 삶을 동시에 누리고 산 세대는 없다는 말이지."

"그건 그러네. 그리고 다음은."

"개인적인 부분인데, 내가 생각해도 내 삶은 다양성 측면에서 윤

택했다 이거야."

"그 무슨 의미야."

"아까 언급했었잖아."

"그러면 나는."

아내가 잠시 침묵을 지켰다 입을 열었다.

"당신은 인류 탄생 이래 가장 행복했던 사람의 아내라는 사실에 자부심을 느껴야지."

아내가 농임을 알아치리고 그저 웃기만했다.

"그런데 당신은 왜 자꾸 화장해서 이곳에 뿌려 달라는 거야."

"그거야 죽어서도 자유롭고 싶어 그러지. 당신 그거 알아."

"무슨 이야기하려 하는데."

"우리 장묘문화 말이야. 우리는 살아 있는 사람의 관점에서 접근하고 있잖아. 그런데 죽은 사람 입장에서 바라보면 죽어서도 땅 속에 혹은 납골당에 갇혀 있다면 얼마나 불편할지를 생각해보아야 하지 않겠어."

"죽은 사람이 무슨 생각을 해. 그러니 살아 있는 사람 입장을 헤아려야 하는 거 아니야."

잠시 침묵을 지키며 아내를 주시했다.

"그래서 내가 이야기하잖아. 나는 죽어서도 자유롭고 싶다고."

"그러면 남아 있는 사람들은."

"그런 이유로 묘비를 세워달라는 게지."

"그게 가능할까."

"당신이라면 능히 가능할 것 같은데."

말을 해놓고 그저 웃기만했다. 이어 잠시 침묵을 지키며 스쳐지나가는 풍광을 즐기며 걸어가자 어느덧 수락산 초입에 설치된 디자인 거리에 도착했다. 천천히 걸음을 옮기던 중 한곳을 주시했다.

"여보, 잠깐 쉬었다 가자."

아내가 그 의미, 담배를 피우려는 나의 의도를 알아차리고 벤치로 걸음을 옮겨 갔다. 그곳에 도착하여 가만히 바람의 흐름을 살펴보았다. 바람이 산 위로 향하고 있었다. 벤치의 산과 가까운 쪽에 자리 잡고 아내를 그 아래에 앉도록 했다. 그리고는 이내 담배를 꺼내 물고 불을 붙였다.

"당신, 금강산에 흡연 구역 있다는 사실 알아?"

담배 연기를 한 모금 빨아들이고 내뱉으며 아내를 주시했다.

"금시초문인데."

언제인가 강원도에서 발생했던 여러 건의 화재를 살피며 그 원인 중 하나가 흡연일 거라는 확신을 가지고 칼럼을 쓰기 위해 자료를 검색하던 중 금강산 관광을 개시하며 북한이 내건 규칙을 살펴본 적 있었다. 그중 흡연 구역 이외에서 흡연하다 발각될 경우 벌금을 물린다는 내용이 들어 있었다.

"왜 산에서 담배를 피우지 못하게 하는지 이해되지 않아. 그게 화를 자초한다는 사실을 모르고."

"무슨 말이야?"

"흡연자들이 산에 올라 담배를 피우고 싶은 욕구를 절실하게 느끼는 때는 산 정상에 혹은 전망 좋은 지점에 올라섰을 때인데 그런 곳은 대개 화재와 무관하거든. 그런데 강제적으로 산 전체에서 담배를 피우지 못하게 하니 흡연을 참을 수 없는 사람들이 남의 눈에 뜨이지 않는 구석진 곳을 찾아 담배를 피우다 화재를 일으키고는 하지."

"그래서 당신은 산에서도 담배를 피울 수 있도록 하자는 이야기야."

"비단 그뿐만 아니라 문제가 발생하면 근본적 처방은 등한시하고 그저 강압적으로 몰아세우고자 하는 발상들이 한심스러워 그래."

"그게 그 사람들 입장에서 살피면 손쉬운 방법이라 그런 게 아닐까."

"그러니 철밥통 소리 듣는 게지."

다시 담배 연기를 내뱉는 순간 바로 눈앞에 놓인 동그란 돌기둥에 낯익은 시 구절이 시선에 들어왔다. 즉각 자리에서 일어나 원기둥의 반대쪽으로 이동하자 '수락산의 남은 노을- 김시습'이라는 글귀가 새겨져 있었다.

내친 김에 원기둥을 따라 한 바퀴 돌고는 다시 자리로 돌아와 담배 연기를 길게 내뿜었다.

"왜 그래?"

"시 원문도 함께 실어주었으면 하는 아쉬움이 남아."

"일반 사람들이 한문을 잘 모르니 그런 거 아니야."

"물론 그런 측면도 있지. 그러나 문학작품 특히 시의 경우 번역이란 게 참으로 위험천만하거든. 또한 그 작품을 읽는 사람마다 다르게 받아들일 수 있지. 그런 측면에서 원문도 함께 실어주었으면 하는 마음이야. 여하튼 내가 한번 번역해볼게."

수락산 저녁노을

한 점 두 점 저녁노을 밖으로
서너 마리 외로운 집오리 돌아가네
높은 봉우리 산 중턱 그림자 오래 바라보니
수락산은 푸른 이끼 낀 물가 드러내려하네
날아가는 기러기 낮게 돌며 떠나지 못하고
둥지로 돌아오던 갈 까마귀 다시 놀라 날아가네
하늘 끝 다함 없으니 어찌 생각에 한계 있으랴
붉은 빛 드리워진 그림자 맑은 빛에 흔들리네

水落殘照(수락잔조)

一點二點落霞外(일점이점낙하외)

三个四个孤鶩歸(삼개사개고목귀)

峯高剩見半山影(봉고잉견반산영)

水落欲露青苔磯(수락욕로청태기)

去雁低回不能度(거안저회불능도)

寒鴉欲棲還驚飛(한아욕서환경비)

天涯極目意何限(천외극목의하한)

斂紅倒景搖晴暉(염홍도경요청휘)

"이 작품에서 마지막 부분을 살피면 그의 생각을 읽을 수 있지. '天涯極目意何限(천외극목의하한, 하늘 끝 다함 없으니 어찌 생각에 한계 있으랴)'를 살피면 그의 각오를 넌지시 암시하고 있고 아울러 斂紅倒景(염홍도경, 붉은 빛 드리워진 그림자)은 김시습 자신을 지칭하고 있다 볼 수 있지."

"당신."

아내가 불러놓고는 다음 말을 잇지 않고 있었다.

"왜 그래?"

"김시습이 아니라 지금 당신의 마음이 그런 거 아닌가 해서."

"내 마음이 어때서."

아내가 그저 빤히 바라보기만 했다.

"내가 생각할 때 이 작품은 김시습이 수락산을 떠나기에 앞서 자신의 심경을 토로한 것으로 보여. 즉 파계까지 하면서 한 여인을 열렬히 사랑했는데 그 여인이 생을 달리하자 자신의 처지를 달관하면서 새로운 길, 다시 스님으로 돌아가는 과정을 그린 듯 보인다이거야."

"당신도 그러겠다는 이야기로 들리는데."

"여보, 당신 100세 시대란 말에 대해 어떻게 생각해."

"느닷없이 그게 무슨 말이야."

"당신을 바라보니 불현듯 그 생각 일어나네. 누가 지금 당신을 당신 나이로 보나."

"당신 눈에는 어떻게 보이는데."

"물론 훨씬 젊어 보이지. 그런데 그게 아니라 인간의 수명이 이제는 100세 시대가 무색할 정도란 이야기야."

"그 이야기는 왜 하는데."

"우리 세대는 젊은 시절 이 상황을 상상하지 못했잖아. 그러니 인생 설계 다시 해야지."

"어떻게."

"어떻게는 뭐 어떻게야. 100세 시대에 맞추어야지."

"구체적으로."

"우리 세대는 나이 60이 넘으면 은퇴를 상상했었잖아. 그런데 현실은 그와 상당한 차이를 보이고 있고. 마치 지난날 인생은 60부터라는 말이 현실화된다는 이야기지."

아내가 잠시 침묵을 지키며 나를 빤히 응시했다.

"여보, 당신이 결정해. 모든 거 감수할 수 있어."

담배를 끄고 가만히 아내의 볼을 만졌다.

"당시는 참으로 견디기 힘들었어. 그 순간 인간이 황폐해진다는 일이 무엇을 의미하는지 알게 되었지. 그 일을 잊어버리고자 과도할 정도로 술을 마셨음에도 불구하고 지속해서 악몽이 이어지고, 그런데 잠에서 깨어나면 그 악몽이 현실인지 꿈인지 구분되지 않았고."

"나도 그랬는데 당신은 오죽했겠어. 그리고 말은 하지 않았지만 오랜 기간 당신이 그 고통에서 헤어나오지 못하는 모습 보아왔어."

잠시 침묵을 지키자 아내가 슬며시 거들었다.

"그래도 지금은 그런 이야기할 수 있으니 천만다행이라는 생각 일어나."

"여보."

"왜, 마저 이야기해."

아내가 불러놓고 말을 잇지 않자 채근했다.

"당신이 어떤 결정을 내리더라도 함께할 거야."

"문득 이런 생각 일어나네. 한 사건으로 운명이 바뀐 수양대군과 김시습을 바라보며 과연 누가 가치 있는 삶을 살았는가 하는."